雲天 詩集

幸運草之歌

自序

酢漿草的大夢

> 諸羅山的天空
> 有酢漿草,以貓的
> 腳步,入詩

　　這是雲天的第四本詩集。這本詩集的出版有點戲劇性。

　　原本第三本詩集《霧的鋼琴詩想》預定要採編六個輯要、101首詩。未料,圖文交叉編輯之後,前面的三個輯要、五十餘首詩,就編成一本詩集了。為了讓其餘的作品都有一個家,勢必要再建構一座藝術小木屋,於是筆者統合後面三輯作品,再收編一些近期作品,於焉,第四本詩集以另一種嶄新的風格呈現,同時亦為下一本「專案企劃新書」鋪陳一條伸展的路徑。

幸運的拼圖

其餘作品加上新作，復經歸類之後，筆者為這本攝影詩集列舉出三項特殊的意義：

其一、有幸為自然生態之美寫詩：

2016年四月天，發現幸運草之後，截至目前已陸續發現39株了[1]，其中，有一株是5葉的幸運草，為了分享發現難得一見的自然生態之美，筆者特地寫了兩首詩，而且以此為本書的序詩及跋詩。

其二、有幸開拓生態的文學拼圖：

夫妻樹一直是筆者論文的研究專題，在生態旅遊的研究過程當中，筆者試圖循此軌跡，開拓出一個兼具生態、旅遊、文學的專題，冀望以多元書寫的方式，創編成一本獨特的書籍，以饗讀者。

其三、有幸參與藝術盛會的演出：

筆者有幸接受「陳澄波文化基金會」董事長陳立栢先生的邀請，以陳澄波先生的油彩畫作為元素，創作一首新詩〈油彩長了翅膀〉，並參加音樂會的詩歌朗誦。由於推敲過程靈感一觸即發，進而延伸撰寫了一系列的圖詩創作。值得一提者有二：

---

[1] 照片（以Word彙整筆者親自攝影之39株幸運草）

（一）2016年1月22日受邀前往臺北市延吉街（音
樂指揮家蘇文慶的公館）與蘇文慶先生、鄭
翠蘋製作人、車炎江教授（輔仁大學及新竹
教育大學音樂系兼任助理教授）、黃暐貿琵
琶演奏家、陳立栢董事長，及何冠儀助理等
人一起探討新詩如何透過朗讀者與音樂（琵
琶演奏、交響樂曲）、油彩，作一個隔空的
對話與演繹。感覺上，這一次茶會，在陳澄
波的藝術精神感召下，有一種莫名的，文
學、藝術及音樂的歷史使命感。

（二）於2016年2月26日，參與「台南市文化中心
演藝廳」【陳澄波畫作與音樂的對話——北
回歸線下的油彩音樂會】的演出（此次擔綱
詩歌朗誦者係教授車炎江先生，負責琵琶演
奏的音樂家是黃暐貿先生）。

編輯旨趣

　　這部詩集《幸運草之歌》，分成五大輯要：輯一，
「夫妻樹的楔子」，這個篇章屬於「專題系列作品」，
彙集的是筆者多年來生態旅遊所開創的詩作及攝影圖
片，這個專題頗具論述與研究價值。輯二，「寄情詩

篇」，書寫筆者蘊藏於眼、耳、鼻、舌、身、意的情愛
語彙。輯三是「寓意詩篇」，書寫筆者對於有情萬物的
細膩感觸，書寫的意象標的，遠如唐朝遺落滿地的雋
永；近似草地上，蜘蛛網中垂掛的露珠。輯四是美術詩
篇，亦為「專題系列作品」，筆者透過這個空間，以寫
詩的文筆與陳澄波先生作畫的彩筆，隔空對話。輯五是
「精華選粹」，這個篇章分成「情詩選粹」與「得獎選
粹」兩個部分，特別臚列筆者19首精湛作品，冀求藉此
增色詩集的內蘊。

大詩人的條件

　　雲天的第一本詩集，自序立言，想修練成一首詩。
如此夢想雖小，但很美。歷經多年之後，歷經一段漫長
的崎嶇的文學之路之後，夢想卻越發壯大。緣此，在第
四本詩集的序言中，筆者膽敢以英國詩人奧登主張的
「大詩人的五大條件」[1]為標竿，從今而後，更加戮力於
創作，縱橫發展、質量並重、開拓題材的廣度與深度、
型塑個人詩風及技巧，並且堅持創意之路。

---

[1]　英國詩人奧登認為，要成為大詩人的條件有五：一、必須多產。二、題材
　　廣闊。三、具創造性。四、技巧獨特。五、風格多變。陳芳明編著，《余
　　光中六十年詩選》，新北市，INK印刻文學，2015年9月，頁25。

酢漿草的第四葉

酢漿草又稱為三葉草、蝴蝶翼……當它開出第四葉、第五葉的時候，稱之為幸運草。通常幸運草的英文就叫做Four-leaf Clover。第一葉代表信仰；第二葉代表愛情；第三葉代表希望；當它多出一葉或二葉時，就代表著幸運。就在今年的四月、五月、六月，筆者在諸羅山的大林運動公園陸續發現四葉的、五葉的幸運草。

准此而言，第四葉是幸運草，筆者可不可以說，第四本詩集是幸運詩集呢？雖然這個邏輯有問題，但是筆者寧願相信，讀者會因此而更期待看到酢漿草開出的第五片葉子。

夢，在弦上

這本詩集是一塊滾過的石頭，未來旅遊詩集，是安置於弦上的夢。

未來旅遊詩集，筆者將以「專案企劃」的面貌呈現，而其形態將是情詩、生態、旅遊、攝影及人文地理的多元聚合。

未來旅遊詩集，每一頁詩箋，將注入筆者夢想的感官調味料。

　　未來旅遊詩集，將化身為大自然的愛情使者。
　　未來旅遊詩集，主題文學的表現夠不夠專業？姿態夠
不夠優雅？那就敬請讀者朋友們期待、觀察與雅正了。

序詩〈幸運草，是貓〉

三片葉子形成一株酢漿草
每一片葉子，都是一顆心
千株酢漿草泛成一潭湖水
漫山酢漿草拼湊成一個夢

酢漿草緩緩地舒展四季的手
以情愛為槳
以葉片為舟
划動三瓣初心
往草原無聲處，擺渡流浪的樂章
悄悄地成就第四瓣心曲

第四瓣心曲，是一隻喜歡躲躲藏藏的
貓，以音符為獵物
以鋼琴為音樂廣場
以凹凸琴鍵為屏障
或探頭、或搜尋、或跳躍、或蹲俯
或任憑紫色的、黃色的
風鈴，偷偷地譜就第五瓣心曲

第五瓣心曲，漾成一片海洋
以初心為槳
以浪花為舟
順著海平線的方向，划動微笑……

附註：
本詩於2016年8月9日刊登於中華日報副刊。

目　次

自序　003

序詩〈幸運草，是貓〉　009

輯一　夫妻樹的楔子　016

夫妻樹　018

新中橫夫妻樹　021

羅苳公、林榕婆夫妻樹　022

天送埤夫妻樹　024

鹽館社區夫妻樹　025

患難真情夫妻樹　026

布洛灣的夫妻樹　027

「護境松王」百年夫妻樹　029

泰安國小夫妻樹　031

太平山夫妻樹　033

輯二　寄情詩篇　036

妳的耳鬢，是無聲的排笛　038

半邊井的對話　041

台灣萍蓬草　043

小心！想念會咬人　045

咖啡的想像　048

秋詩饗宴之組曲　051

花瓣，含在我的嘴裡　058

下輩子，妳會這樣對我嗎？　061

不想妳，就是不想妳　063

我要為妳栽培一棵樹　065

泡茶二則　067

思念到底是甚麼東西？　069

溪床的心事　071

秋天的約定　074

夜宿淡水河畔　076

送妳一盞燈　078

早晨的風　079

思念，金蟬脫殼　080

竹與我　082

生態池上的一抹雋永　084

輯三　寓意詩篇　088

文理大道　090

唐朝遺落滿地的雋永　093

關於水舞的意象組曲　094

那一位身穿文學衣衫的女子　098

鞦韆，飛過城市的屋頂　100

看花應不如看葉——讀〈看葉〉　102

父親的照片　104

「1949年我在哪裡？」　106

寂寞的味蕾　108

人體彩繪　110

中國結的聯想　112

秋天，手上有枝筆　114

全世界最瘋狂的詩人　116

手語的獨白　119

滿山滿谷的樸素　121

焚香操琴　123

舉杯，銘詩　125

晚翠含玉　127

文字，夜半來訪　129

老人茶　132

野地裡的有聲書〈童詩〉　134

詠石灰　136

知足　139

咖啡杯的舞臺　140

跨越困境的能力——致「口足畫家」楊恩典　143

大稻埕的感官美學　146

輯四　美術詩篇　150

傾聽一抹油彩的聲音　152

油彩長了翅膀　154

陳澄波的油彩組曲　156

陳澄波的自畫像　168

輯五　精華選粹　172

系列（一）情詩選粹　174

　我是誤闖書房的麻雀　174

　遇見妳之後　176

　手拉坯　179

　黑天鵝十行　181

　試探妳手心的溫度　182

　石中梅　184

　黃豆的心事　185

　妳的腳步聲，是否來自宋朝　186

　屋頂的東北角　188

　可否為妳撐一把傘　190

系列（二）得獎選粹　193

　窗子的聯想　193

　如果，紋臉　196

　阿里山森林　199

母親的裁縫車　201
父親遺留的那把二胡　203
老農之歌　205
我們相約在諸羅城市見面　208
諸羅城的每片土地都是爵士鼓　217
Line一下后里如何　218

跋詩　酢漿草的四月天　220
雲天的文學大事記　222

輯一
夫妻樹的楔子

夫妻樹

選一塊可以廝守的天地
摘植髮的情書，然後
捺上指紋
任憑枝枒蔓延詞藻，任憑
生命的訊息，沿著風的
方向，順著山的截角，把最原始的
燦爛，站成兩棵難以切割的
夢

落葉，為了祭典深山
著地，踮起世紀的腳跟
探視蒼勁的元始，漸次
尋覓遺失在幽谷的
跫音，漸次延伸遞嬗的觸角
聆聽千迴百轉的寂靜

誓約，堅持不撐傘
堅持守住世紀的斑駁
以最古老的渴望

等候千百年的篝火，窯燒
蠻荒的神話，散播
樹影與樹影，堆疊的夢的
囈語

附註：
本詩刊登於2013秋水詩刊40周年《戀戀秋水》詩選。

新中橫夫妻樹

天地開張，山稜楚楚
妳與我，漸次枯立
相守千年之約，這就是
愛，情

附註：
南投縣新中橫夫妻樹位於臺21線141.7公里處。這
兩棵千年紅檜神木，頗具藝術之美，象徵著至死
不渝，是攝影家及畫家的最愛。（2015年8月14日
刊登於中華日報副刊）。

羅苳公、林榕婆夫妻樹

兩棵樹，同時擁抱一部《詩經》
妳是〈秦風‧蒹葭篇〉
我是〈周南‧關雎篇〉

附註：
羅苳公、林榕婆夫妻樹，一棵是雀榕樹，一棵是
茄苳樹，演繹的是擁抱的藝術；位於宜蘭縣羅東
文化園區（宜蘭縣羅東鎮中正北路118號）（2015
年8月14日刊登於中華日報副刊）。

天送埤夫妻樹

我牽著妳，山連著天
水的世界，涵攝著前世的
今生的與來世的
愛情刪節號……

附註：
兩棵茄苳樹，位於宜蘭縣三星鄉天送埤南湖路，
立於水中央，呈現倒影美學（南湖路通往蘭陽發
電廠天送埤分廠的路上）。據說，這兩棵樹的樹
齡都已達二百年。（2015年8月14日刊登於中華日
報副刊）。

鹽館社區夫妻樹

百年，好合。是我們牽手的
符號，也是我們的
象徵，一顆共同締造的
心

附註：
嘉義縣中埔鄉「鹽館夫妻樹」位於中埔鄉鹽館社
區。（從吳鳳廟前台3線可抵達）。兩棵榕樹豎立
於鄉村道路兩側，枝幹與枝幹相繫成心型，凸顯
百年之約的牽手情。（2015年8月14日刊登於中華
日報副刊）。

患難真情夫妻樹

愛與情，合體之後
小宇宙的腳足
一起消化天災地變的
恩惠

附註：

患難真情夫妻樹，又稱東森山莊夫妻樹，位於桃
園市楊梅區的東森山莊。這對夫妻樹由樟樹與木
薑子組合。據說，這兩棵樹是由於921災變的因緣
而結合，演繹的藝術造型是「樹根與樹根相連，
患難見真情的戲碼」。（2015年8月14日刊登於中
華日報副刊）。

布洛灣的夫妻樹

聽說山間的松果，上輩子是松鼠
大草原的前世，是一群一群牛羊
山月村長大的兩棵老松
從前從前，是一對相約廝守的情侶

聽說，有那麼一則荒老的傳說
聽說，有那麼一則森林奇緣
左邊那一棵，流著立霧溪深情的故事
右邊那一棵，標示著塔山堅貞的愛情

聽說，布洛灣的小木屋
屋簷的結構，是聶魯達的十四塊木板
窗簾的顏色，是莎士比亞的舞台思維
院子的天空，有太魯閣族的夢想
籬笆，蘊藏著野百合與大香葉樹的味道
田園的泥土，埋著台東火刺木的種子與蝴蝶
飛翔的影子。窗櫺左上角懸掛著的
空間概念，是男人拉弓的神情與
紋面女人的笑容

聽說，布洛灣有兩棵老松樹
從前從前，是一對相約廝守的情侶

附註：
布洛灣，太魯閣語意指「回音」，離花蓮太魯閣約9公里之遠，位在中橫公路180公里處，從立霧溪畔旁叉路蜿蜒上行2公里就可抵達。北臨立霧溪，南依塔山，可看到許多季風雨林的植物。適合賞鳥、賞蝶、觀察飛鼠、台灣獼猴等生態休憩活動。這裡有世外桃源的感覺。（2012年1月21日刊登於金門日報副刊）。

「護境松王」百年夫妻樹

兩棵樹，開枝散葉，伸展信仰的
背膀，承擔天空所有飄灑的
風雨。

愛與情，攜手併肩，延伸樹根的
耳翼，傾聽土地深處，屬於
一座古城的傳聞

傳聞的古城，凝固成關鍵字——

　　　老街道——老榕樹
　　　小廟宇——大世界
　　　日與月——小宇宙
　　　我與妳——手牽手

附註：
「護境松王」百年夫妻樹位於台南市友愛街210巷
國華街交接處（台南市國華街168號）。樹旁有一
座土地公廟。樹與廟，呈現著愛情與信仰之美。
（2016年6月18日刊登於金門日報副刊）。

泰安國小夫妻樹

樹冠，竟然如此霸氣
樹葉，竟然如此溫柔
兩棵樹，竟然以兩種個性
說服陽光，轉變臉色
感動小草，俯首稱臣

愛情，竟然如此磅礡
華蓋，竟然如此繽紛
兩棵樹，竟然以兩種氣質
住進旅人的相機之中
住進情侶的眼眸之中

附註：
臺中市泰安國小（台中市后里區泰安里安眉路
5號）有兩棵老榕夫妻樹，兩者枝葉繁茂相互眷
顧，兼具磅礡氣勢與優雅柔美，集藝術、文學與
音樂於一身。（2016年6月18日刊登於金門日報副
刊）。

太平山夫妻樹

一棵樹叫幸福，一棵樹叫愛情
兩棵樹，喜歡靜靜地站在這裡

幸福，是一封今生寫給來世的信
從信首到信尾、從問候到簽名
都有樹根在土地裡蔓延的香氣

愛情，是一瓶前世釀給今生的酒
從酒麴到發酵、從酒香到唇瓣
都有酒瓶開口對來世說話的味道

一棵樹是幸福，一棵樹叫愛情
兩棵樹，喜歡靜靜地站在那裡

附註：
宜蘭縣太平山有兩對夫妻樹，一對位於大同鄉太
平村太平路58-1號（太平山莊）後方，原始森林
步道第418個階梯旁，這對夫妻樹只剩下樹頭及招
牌。另外一棵夫妻樹位於太平山林道公路旁，這
對夫妻樹是由兩棵紅檜組成。（103年8月1日刊登
於更生日報副刊）（翠峰湖之環山組曲）。

輯二
寄情詩篇

妳的耳鬢，是無聲的排笛

竹林是山巒的排笛
山溪，流成一排一排的五線譜
優游的魚群，以及紛飛的蝴蝶是一枚一枚自在的
音符，乘載著森林的翅膀，飛入妳的眼簾
妳的眼簾是吹奏排笛的風

湖水是山脈的排笛
漣漪，暈成一圈一圈的五線譜
來回的候鳥，以及漂浮的雲朵是一枚一枚流浪的
音符，潋灩著水上的波光，飛入妳的耳翼
妳的耳翼是吹奏排笛的風

花草樹木是旅人的排笛
山徑是一排一排的五線譜
四季的腳印，以及鳥囀蟲鳴是一枚一枚魔術的
音符，洋溢著生態氣息，飛入妳的舌尖、鼻尖
妳的舌尖、鼻尖是吹奏排笛的風

雲朵是天空的排笛
彩虹是一排一排的五線譜
幻變的氣象，以及日月星辰是一枚一枚清脆的
音符，叮噹著天地的風鈴，敲動妳的心脈
妳的心脈是吹奏排笛的風

排笛是妳的羽翼
音符是妳飛翔的身軀
妳的夢是吹奏排笛的風
排笛的風，吹過妳的耳鬢
妳的耳鬢，是無聲的排笛

附註：
排笛樂音之美，美如何？
《論語》述而篇：「子在齊聞韶，三月不知肉
味」。曰：「不圖為樂之至於斯也！」。《尚書·
益稷》：「簫韶九成，鳳凰來儀」。
足見，排笛之美，美如天籟！一旦其聲釋出，連神

鳥鳳凰都可招引。人間美聲，誰與爭妙！（2014年
9月5日刊登於中華日報副刊）。

半邊井的對話

不相見，雖然近在咫尺
不相見，雖然同一張床
不相見，雖然晝夜銜接

妳說，天上有一輪明月
上弦月永遠見不著下弦月
但是，他們卻是同一顆心

我說，地上有一面井
半邊井永遠見不著半邊井
但是，他們卻是同一顆心

同一顆心，擁有兩枚浮水印
　　一枚是妳的微笑
　　一枚是我的微笑

噯！
原來真正的「同心圓」是一半給妳，一半給自己
原來，看似分隔兩地，其實是一顆心連著一顆心
原來，就算有一座山巒阻隔，卻擋不住思念的心

附註：
「半邊井」在彰化縣的鹿港三槐堂，位於瑤林街
12號。據聞，從前鹿港三槐堂的主人宅心仁厚，
用一面圍牆把自家水井分成兩半，牆裡半邊井自
己取用，牆外半邊井免費分享街坊鄰居及過客。
（2013年3月8日刊登於中華日報副刊）。

台灣萍蓬草

掀開手掌　心，花有一把初燃的
火，把春天最紅的
香味，抹在我心裡最燦美的位置

張開眼睛　湖，心有一滴待燃的
夢，把四季最紅的
詩句，種在我手掌最思念的中心

妳的美，是一種*毋庸言說的*，韻

附註：
台灣萍蓬草，又稱為水蓮花，屬於睡蓮科。世界
各國有很多萍蓬草，唯獨台灣萍蓬草最美，因為
它的花心，有一抹詩漾的紅。（2014年4月8日刊
登於中華日報副刊）。

小心！想念會咬人

小心！想念會咬人
春天時
丁香花咬住情侶的心
桃花咬住山巒的臉頰
櫻花咬住樹枝的唇瓣

小心！想念會咬人
夏天時
七里香咬住千里的夢
曇花咬住夜半的圍牆
牽牛花咬住一連串的浪漫

小心！想念會咬人
秋天時
桂花咬住中秋的月光
山茶花咬住鄉間的微笑
菊花咬住田園的味道

小心！想念真的會咬人
冬天時
梅花咬住雪漾的詩句
聖誕花咬住小孩的夢境
水仙花咬住花瓶的思想

小心！
「想念」，一年四季都會咬人
不然，你問山巒、湖泊，或者溪河

附註：
2012年9月2日刊登於更生副刊四方文學。

咖啡的想像

1.
妳說，以愛情的名
去，情商維也納的水
來，澆滅夜景閃爍不安的孤獨與寂寞
需要採擷多少棵樹的美麗與哀愁

（我說，只要一杯咖啡，少許夢，一些奶精）

妳說，以咖啡花的名
去，邀請一枝可以談心的薩克斯風
來，安撫一片峽谷與一面峭壁
需要獻上多少首交響樂曲與詩篇

（我說，只要一座山巒，一片天空，還有
一隻燕子）

2.
妳說，以詩人之筆
去，撰寫一首長長的愛情詩篇

來，栽培一座長滿咖啡豆的森林
需要施灑多少爵士的音符與文字

（我說，只要一座鋼琴，一首蕭邦的交響曲
以及一隻聽得懂音樂的貓）

妳說，以一座咖啡館的名
去，想像一杯咖啡的味蕾
來，調配一種略帶萊茵河的聲音
需要烘焙多少首情詩與星子

（我說，一本聶魯達的十四行情詩，一枚微笑
以及一陣來自太平洋的風）

附註：
2011年6月23日刊登於更生日報副刊。

秋詩饗宴之組曲

之一、秋天，散步

起步之前
我含著一片初秋的味蕾
第一步踏出去的時候
剛好遇見第一隻秋天的燕子
飛上雲端，穿越中秋的風
穿越妳汪汪的眼眸

沿路，秋芒笑我
為何在深秋的睫毛，還掛著
仲夏的夢
為何才吸入了一口禪
卻又吐出了一口氣
就這樣深秋漫步，漫步深秋
妳的步伐，彷彿放出去的線
----放，放，收，收
我的心跳，好比放出去的風箏
----上，上，下，下

腳印，像山巒昏醉的楓葉
在某一個秋天的涼亭的對角線
不停的　不停的　不停的
開開，落落
落落，開開

之二、秋天是一匹濃妝豔抹的駿馬

秋天會不會是一串紅通通的
咖啡豆，在爵士樂逃離都市叢林的
窗外，烘焙一杯狀似嫋娜的
幸福。或者
秋天是一匹濃妝豔抹的駿馬
當達達的琴聲，自荒野的邊境揚起
四面埋伏的憂傷與深情
彷彿一條城市的河流
把大提琴的夢，切割成
一首略帶肉桂味道的獨奏曲

獨奏曲----因而躍上馬背，於是把自己的
夢，吹奏成殷盼如風的騎士。
秋天-----因而躍上馬背，於是把自己的
夢，鞭動成湖水暖暖的漣漪
我-----因而躍上馬背，於是把妳的
夢，烙印成山坡上一整排咖啡樹
妳因而說
秋天是一株一株紅通通的咖啡豆
秋天是一匹一匹濃妝豔抹的駿馬

之三、畫一池秋天的夢

為妳的心事，畫一個夢
一池秋天，會寫文章的漣漪
一樹靦腆，會畫腮紅的楓葉

為妳的窗櫺，畫一個夢
圓形的，可以圈住妳的耳垂
三角形的，可以蓄養漫天彩霞

方形的，可以放牧一群文字
五角形的，可以站成一種頂尖的憂愁座標

為妳的視界，虛構一位小說家
在每一個場景，預設高潮起伏的情節
在每一個文字，植入慾望的晶片
在每一個封面，編輯線條與色彩的第一次邂逅

為妳的心事，畫一池秋天的夢
為妳的窗櫺，畫一個風鈴搖動的主題
為妳的視界，虛構一個蝶雨紛飛的季節
在每一季芒花舞動的午後
在每一座只許秋天做夢的山城
在那一個牽手的秋天

之四、秋天的唇瓣

舟子啊，妳到底在水面玩弄什麼文章
為何還不去尋找遺落在水底

一粒一粒，秋天的神話。
舟子啊，妳為何還在我的四周低迴
君不見，那水中的傳說已經結滿了
豐厚的唇瓣，等待妳撐傘迎接。

秋天啊，妳為何還抿著嘴唇，不敢
表露紅透一畝田的暗戀。
秋天啊，妳為何還在玩捉迷藏的遊戲
不讓那輕輕的舟子，載動妳躲藏
千百個世紀的靦腆

妳說，水上的心事
什麼時候才敢開口說話，妳說
搖槳的節奏，什麼時候才可以寫出
美麗的情歌，妳說，那午時的烈日
什麼時候才可採擷

一則可愛的微笑
一則伐來伐去，伐不完的
兒女的，秋天的
紅色語彙

附註：
南台灣的採紅菱之旅，非常秋天。
尤其是男男女女，伐著舟子，採著「水上的心
事」。
菱角花又稱為午時花，因為它幾乎都是在正午強
烈的日照下才會開放。
（2011年1月3日刊登於更生日報副刊）。

花瓣，含在我的嘴裡

打從希臘神話的海上出浴
花瓣，含在我的嘴裡
用蝶式游泳
書寫水上文章

她，吐露萬畝花語
在我的體內栽種一棵樹

我，釋放千江明月
在她的花田培養一首詩

穿越夢的長廊
用蝶式游泳
花瓣，含在我的嘴裡
打從希臘神話的海上出浴

附註：
傳說，古希臘有一個「食蓮人」，因為他吃了很
多蓮子，也飲下偌多的蓮子酒，從此過著神仙
般的生活。（2014年5月25日刊登於更生日報副
刊）。

下輩子，妳會這樣對我嗎？

下輩子，妳會這樣對我嗎？
化身畫眉鳥，廝守妳的睫毛
隱身咖啡樹，等候妳的唇瓣
蛻變成蝴蝶，徘徊妳的髮稍

下輩子，妳會這樣對我嗎？
牽著小手，傾聽花草樹木
划著小舟，涉江採擷風月
摟著蠻腰，閱讀千山萬水

下輩子，妳會這樣對我嗎？
送妳一座花園，掛上滿城風鈴
買下全世界最美的沙灘與海洋
送妳一匹馬，載著妳
摘取最後一顆夕陽

下輩子，妳會這樣對我嗎？
七老八十之後，還願意
香一個吻，眨一下眼

然後給我，一個堅定的
幸福的許諾

附註：
2012年3月29日刊登於更生日報副刊。

不想妳，就是不想妳

不想妳，就是不想妳
就算櫻花在我的面前搔首弄姿
木棉花用一首詩打我
山城送我春天一季
我還是選擇在三月的夢裡
把妳忘記

是誰說一定要想妳
是誰說這個世界沒有妳不行
是誰說我的心必須重疊妳的倩影
是誰說在詩句藕斷絲連之後，還要再寫一個妳
是誰說我唱的每一首歌，一定要有一個妳

不想妳，就是不想妳
縱然這個世界就只剩下一片森林
縱然太平洋的風浪一直傳達妳的音訊
縱然這個花城，處處有妳的腳印
我不想妳，就是不想妳

附註：
2013年12月5日刊登於更生日報副刊。

我要為妳栽培一棵樹

親愛的，當我的眼皮還可以
撐住一顆太陽的時候，請用
一株玉蘭花保存車上的
味道，請許我以一株玫瑰的
火紅熱情，風乾照後鏡的視界

親愛的，當我的魂魄還含著淚的時候
請准我探問一池秋水
我要參透今生與來世的迷障
我想保存眼前所有
關於妳的芬芳
我要為妳栽培一棵樹
一樹結滿轉世密碼的花

親愛的，當我的夢還可以
辨識前世的味道的時候
請許我在來世的路上
標誌妳的笑容。

請許我，在千迴百轉的風中
遙望妳的衣襟。

附註：
2010年11月5日刊登於更生日報副刊。

泡茶二則

1.
拳頭，到底緊握著那一個季節
可否在水火的見證之下
借我瞧一瞧？

哇！
春季、夏季、秋季、冬季
在我的眼前、鼻尖、舌尖
漸漸漸漸地，逐一原形畢露

2.
緊握著拳頭
因為妳如火的熱情
我漸漸漸漸地攤開手指

緊揪著心結
因為妳似水柔情的呵護
我漸漸漸漸地軟化情緒

緊鎖著眉梢
因為妳耳鬢般的廝磨
我漸漸漸漸地開心微笑

附註：
2012年8月29日刊登於更生日報副刊。

思念到底是甚麼東西？

妳說，思念到底是甚麼東西
圓的、扁的、方的、長的
我說，春天的
思念是一座花園
把世界開成千百朵花的形狀

妳說，思念到底是甚麼東西
紅的、黑的、藍的、紫的
我說，夏天的
思念是一朵雲
把萬象變成多彩多姿的形狀

妳說，思念到底是甚麼東西
香的、臭的、腥的、無味的
我說，秋天的
思念是一群紅色的魚
把森林游成一片樹海的形狀

妳說，思念到底是甚麼東西
酸的、甜的、苦的、辣的
我說，冬天的
思念是一間廚房
把人情冷暖勾芡成一種形狀

附註：
2013年2月14日刊登於更生日報副刊。

溪床的心事

1.
我，揮動長長的觸鬚
用盡一座山林的浪漫
在秋天的岸邊
用夏天的陽光
吟唱冬天，等候春天

妳用複疊聳立的岡巒
與我遙相癡望
任憑山鳥與老松喋喋不休
任憑水上的蜻蜓，銜起
整片天空的燦爛
銜起整條溪河，封藏的
心事

2.
妳是流星豢養的獅子
匐伏在溪床之上
凝望一片天空

我是妳牧養的山巒
矗立於天空的邊境
指揮溪河演唱

3.
妳是雲朵召開Party的搖滾舞池
任憑千百隻活蹦亂跳的手腳
翻譯千百粒石頭的心事
編輯一座溪床的傳說

我醞釀一座森林茂密的詞彙
乘著雲霧的翅膀
在天空與小草之間
傳遞高海拔的愛情宣言

附註：
2013年9月4日刊登於更生日報副刊。

秋天的約定

別忘了
當第一片楓葉，踏著
陽光，打天地未開的渾沌之初
翩翩而來的時候，請為
燃燒的愛情留下季節的見證

別忘了
當秋蟬第一聲鳴唱，乘著蕭邦的
夢，從沙發的赤裸音符中
拋去束縛的時候，請為
森林的狂想記下奔放的感覺

別忘了
這一個黃昏的第一隻燕子
在妳的鋼琴鍵盤上與秋天
已經有了，第一個
約定

附註：
2011年9月27日刊登於金門日報副刊。

夜宿淡水河畔

情願在花間與淡水共枕一宿
請問要多少個浪漫，情商？
妳說，不用百年修為，只要
一雙搖櫓，一葉小舟，還有
一個待孵的夢。

情願在窗櫺的思維範疇
踮起腳尖，探看窗外的
弦音是否精準的撥動妳的髮絲
在數位的構圖領域，遙想化外的
那朵雲，是否已經複製了去年那一場
很莎士比亞的仲夏夜晚

情願在岸邊等待風聲，等待渡輪
等待月光舖灑羅幃。情願在水上
等待夜色迸裂的聲音
等待煙霧打水面舞起
等待彼岸那個撐傘的女子，拎著一部

咖啡色的傳說
迎風而來

附註：
2011年3月9日刊登於馬祖日報鄉土文學。

送妳一盞燈

每一盞燈，都有我預擬的心跳
每一盞燈，都有我預編的舞步
每一盞燈，都有我演算的夢想
所以，送妳一盞燈
並非為了與月色在咖啡屋的窗櫺爭寵
並非為了與夕陽在向日葵花園中爭艷
也不是要與螢火蟲在森林中尬舞
只是想燃燒妳眉際之間的憂愁
只是想照見妳髮梢的三千詩句

所以，送妳一盞燈
只是因為
每一盞燈，都有我預擬的心跳
每一盞燈，都有我預編的舞步
每一盞燈，都有我演算的夢想

附註：
2011年11月23日刊登於馬祖日報鄉土文學。

早晨的風

打開初春的窗櫺
伸出早晨的雙手
我要以一天，第一個微笑
接納妳的溫純

一個深呼吸，胸中有花蕾在綻放
一個吐放，心中有禪在開花
且讓我，捻一片風中的陽光
送給枝上打坐的白頭翁

打開早晨的心扉
伸出初春的臂膀
我要以一世，第一個夢想
迎娶妳的愛情

附註：
2011年2月11日刊登於台灣時報台灣文學。

思念，金蟬脫殼

思念，金蟬脫殼之後
六隻腳，緊緊地抓住樹葉的心事
說是要把過去的榮枯與枝節
永遠記載
記載在史書的扉頁

思念，金蟬脫殼之後
六隻腳，牢牢地抓住樹端的雲朵
說是要把她前世的歌詞與歌聲
永遠標記
標記在天空的音譜

思念，金蟬脫殼之後
六隻腳，輕輕地抓住山巒的劇情
說是要把她今生的劇本與臺詞
永遠搬演
搬演在森林的舞臺

附註：
2014年11月23日刊登於更生日報副刊。

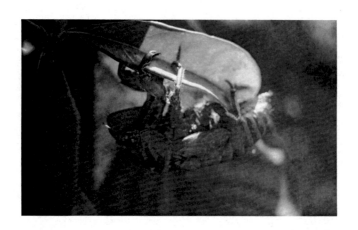

竹與我

妳是襲上青衣的女子
為了履行前世的約定
用一生的碧綠
廝守這片山林

我是隱姓埋名的居士
為了信守今生的諾言
寫下了淙淙溪流
環繞妳的四周

妳我緊緊牽著手，一起
召喚多情的白鷺
停
落

妳我牢牢地繫著心，一起
游牧花草羊牛，共築
簾裡簾外的
耕讀田園的夢

妳是襲上青衣的女子
我是隱姓埋名的居士
日出
耕耘蠻荒，踏足阡陌
日落
蒔燭月下，啜飲忘憂

詩後語：
竹愛我，我愛竹，竹甘用一生的碧綠，廝守山
林，我情願隱姓埋名，與竹攜手耕耘蠻荒，共度
日出日落。

附註：
2010年7月4日刊登於更生日報四方文學。

生態池上的一抹雋永

涵夢碧水覷紅塵
燭影若筆草如煙
此物本是有情種
愛寫花語池塘間

之一、燭影如筆

一抹雋永，搖擺如燭影
燭影如行筆的身段
一池水芙蓉是墨盤
妳的眼神是等候吐露心事的
硯，是文章的
春蠶，每一蠕動都是生命絕美的運筆
每一筆畫，都在尋找宣紙的定位
時而向右捺筆奔放
時而向左迴鋒收筆
收尾的句號，是一桌文字的饗宴
是一盤又一盤蘸滿墨香的文章的
佳餚

之二、花之眉目

枝葉，迎風畫眉的氣勢
融合了左側點與右側點的
運筆構思，如果再抬頭望上一眼
那「方頭點」便是宋朝遺留池塘的一個
經典，是一抹不斷燃燒的蠟燭的
火焰，是一隻振翅待飛的
鶴鳥，企圖演繹宇宙的夢
夢，是唯一可以點燃燭火的
手掌

手掌是花，花是禪想
禪想是葉，葉是風箏
風箏是翅，翅是意象
意象是眉，目是文章

附註：

火鶴花又名花燭、紅掌。有天傍晚，路過嘉義大林台一線「明華濕地生態園區」，乍見兩朵火鶴花，一紅一紫，並立於長滿著大萍（又稱水芙蓉）的水池之中，相互顧盼，頗有書法中的點捺眉目之美，於是，有感而發。（2016年5月2日刊登於中華日報副刊）。

輯三
寓意詩篇

文理大道

之一、壁立千仞

探索是神來神去神去神來的蝴蝶
腳程是上上下下下下上上的翅膀
光影是深深淺淺淺淺深深的思想
台階是踢踢躂躂躂躂踢踢的隱喻
文章是壁立千仞千仞壁立的榕樹

榕樹的縱深之處，有一座圖書館

圖書館是等候蛻變蛻變等候的蛹
書香是涓涓淙淙淙淙涓涓的流水
書本是彎彎曲曲曲曲彎彎的山徑
書架是層層疊疊疊疊層層的巒障
學問是遠遠近近近近遠遠的燈火

之二、陽光燈火

燈火在榕樹底下，向上點亮陽光
陽光在榕樹之上，向下擦亮燈火
榕樹是陽光燈火燈火陽光的胸懷
樹葉是婆娑舞步舞步婆娑的筆毫
光影是曲水流觴流觴曲水的風景

風景裡有步道彷彿時光隧道的溪河
從這頭到那頭，流水悠悠
從那頭到這頭，悠悠流水
流水飄動的光圈是夢想的
眼眸，在闌珊處，凝視散步者的
眼光，凝視步道上端的
圖書館，嫣然擬態伊人

附註：
東海大學的文理大道，一截一截的小平台，彷彿
一截一截的大階梯。大階梯的兩旁，有兩排縱深
的榕樹、有學術殿堂、有燈座。隔著一條馬路，
上端，有一座圖書館。（2015年9月28日刊登於中
華日報副刊）。

唐朝遺落滿地的雋永

放任思想的羊群
恣意地汲取清泉味蕾
任憑平平仄仄的阡陌
一路垂釣
唐朝遺落滿溪的
聲韻

放任夢想的蝴蝶
翩翩地蛻變漫山空靈
任憑抑揚頓挫的唇瓣
一路嚼食
唐朝遺落滿地的
雋永

附註：
2011年7月25日刊登於國語日報少年文藝版。

關於水舞的意象組曲

之一、城市的心花

城市的黑夜，點燃一堆柴火
火焰，拍響劈哩啪啦的旋律
旋律的光影，餵養著天空的星子

星子是城市的鑰匙，開啟燈紅酒綠
燭影是城市的舞孃，挑逗百葉窗簾
雨絲是雲朵的筆觸，擬寫萬種風情
水柱是天地的階梯，就愛上上下下

上上下下、起起落落
時而心花怒放、時而高空彈跳
時而畫如梵谷、時而曲如蕭邦
時而，拋擲、跳接、跌撲、迴旋
時而，前世、今生、來世

之二、孔雀開屏

孔雀是一團火
開屏之後，羽毛是一樹一樹的煙花
孔雀是千手觀音
開屏之後，羽毛是救苦救難的手臂
孔雀是一座書城
開屏之後，羽毛是層層疊疊的書籍
孔雀是書法家的毫筆
開屏之後，羽毛是一點一撇一橫長
孔雀是一座噴水池
開屏之後，羽毛是漫天飛舞的水柱

之三、垂釣之美

水的左手牽著水的右手
我的左手牽著妳的右手

地的左手，一直想牽天的右手
妳說，這景象到底是舞池想垂釣雲朵
還是雲朵想垂釣舞池
我說，其實這是
妳想垂釣我眼裡的風景
我想垂釣妳心中的夢想
天空想垂釣城市的繽紛
城市想垂釣天空的燦爛
作家想垂釣辭海的雋永
辭海想垂釣作家的眷顧

之四、火山爆發

火山，隱藏千百年的心事
「嗯」、「哈」之間
「迸」、「裂」，開來
於是
驕縱的脾氣，一時無法控制
意象，漫天嘶吼
抽象，花團錦簇
印象，浪來浪去
萬象，翻來覆去，緣起緣滅

附註：
2013年9月17日刊登於更生日報副刊。

那一位身穿文學衣衫的女子

那一位身穿文學衣衫的女子
臉龐，是全世界最美的畫布
以散文的色調，撲打粉底
以唐詩的韻采，畫唇
以宋詞的筆觸，畫眉
以新詩的形式，修臉
全身上下，都是《修辭學》的專有名詞
頂真，是項鍊環繞宇宙的串珠結構
層遞，隨著鈕扣的節奏，漸入佳境
她的眼睛，喜歡映襯鏡裡鏡外的風景

那一位身穿文學衣衫的女子
踮起歷史的腳尖
以蒹葭的身段，牽袖揮毫
用回眸收藏她未曾眉批的
心事，隨著「蘭亭」的風
吹拂睫毛，如攤開一幅卷軸
輕弄耳鬢，如彈奏一曲古箏

一曲古箏，縱放千萬隻蝴蝶
蝴蝶沿著扉頁接壤的邊境，索引她的身世

那一位身穿文學衣衫的女子
帶著一抹意境及若干禪意
從一幅水墨畫的濃淡之中翩翩而來
用一枚唇印，在左上方落款
落了款，只是想用朱紅色的詩意，證明她的
身世，是來自於闌珊處的燈火
而燈火，是一尾洄泳於辭海之中的魚
魚是意象，如咖啡杯表面上逐漸暈開的
拉花，如那一位身穿文學衣衫的女子

附註：
入圍2013年第七屆南華文學獎。

鞦韆，飛過城市的屋頂

而，鞦韆決然是一片羽毛
妳我的距離，就從這裡到那裡
萬象，原來可以在妳我的眼線，拋來拋去

剛踏上去的時候
地球的情緒是地平線，平實無華
萬象，是一隻一隻的鴿子

用力盪了一下
全世界的顏色，開始暈染
風，開始吹起
草原逐漸綠了
花樹開始抽芽
森林開始擺動
溪河開始喃喃自語
萬象，是即將起飛的老鷹

再用力盪高一點
全世界的風景，都各自形成主題

鞦韆是我的翅膀
我要飛啊!
我要飛過城市的屋頂
我要飛過山巒(橫越障礙)
我要飛過悲傷(揚起羽毛)
我要飛向快樂(盡情擺動)
我要飛起生命之花
我要飛向夢想堆砌的城堡

萬象,原來可以在妳我的眼線,拋來拋去
妳我的距離,就從這裡到那裡
而,鞦韆真的是
羽毛,蛻變的一枝彩筆

附註:
2012年6月13日刊登於更生日報副刊。

看花應不如看葉
──讀〈看葉〉

> 紅紫飄零草不芳，始宜攜杖向池塘。
> 看花應不如看葉，綠影扶疏意味長。
>
> 看葉（宋・羅與之）

把樹葉比作手掌，我是翩翩風采的
妳的衣衫，飄然的衣袖，彈奏的
旋律，是穿梭在森林那
此起彼落的芬芳

把季節比作間奏，把森林比作曲譜
這時，每棵花樹都漸次站成一首詩
樹汁流成詩句的心血
樹幹與樹枝，不斷地竄升詩的芽苗
花的顏色，不斷地塗抹心事
葉的脈絡，不斷地繁衍生命

意境穿越唐朝的山徑
穿越宋朝的一片樹葉

穿越我眼前書桌上的一張稿紙
稿紙上，一行一行的文字
嫣然展開，拐杖與腳步交叉撞擊的韻腳
嫣然展開，詩人的眼睛與池塘交會而
暈開水面的節奏，迎接且
等候攜杖者

走入一幅有池塘的多媒體動畫
動畫裡有花的開開落落、有霧的來來去去
有映照的妳的疏密的影子，手舞
足蹈，有旋轉、側身、彎曲、翻轉、跳躍
有腳尖踮起、滑動、拖步，以及出水的
意象

附註：
〈看葉〉是宋朝詩人羅與之的代表作。羅與之的
生卒年不詳，字與甫，另字北涯，自號雪坡，著
有《雪坡小稿》兩卷。（2015年1月16日刊登於中
華日報副刊）。

父親的照片

早安！魚尾紋
相框裡面的海洋世界
您的眼睛用一尾鯨魚的力量
激起我心中的浪花
岸上的風景，您的
微笑，是我一天最美味的早餐

早安！大盤帽
相框裡面的天空布幕
大拇指與食指，用V型的風采
迎接每一個早晨的朝陽
手錶的秒針，停格的
聲音，是我一天最想聽的旋律

早安！卡其色的天空
早安！想飛的耳翼
早安！拍照的姿勢
以及

那個年代，流行的
陽光與笑容

詩後語：

父親一直非常喜歡他當兵時期的一張照片。這張
照片一直掛在老家客廳最亮眼的地方，雖然已經
泛黃不已，卻是父親一直引以為傲的一張照片。
母親也經常說，這張照片非常「煙斗」。

仔細鑑賞，連我也覺得這張照片「帥得很有氣
概」。卡其色的大盤帽，閃亮的國徽，一雙誠摯
又有精神的眼眸，左手大拇指及食指以帥勁的V字
型姿勢托住陽光的腮，一對忠厚平實的耳朵，以
及非常有自信的嘴唇。

這就是我父親生前最喜歡的，已經泛黃的老照片。

附註：

2013年6月25日刊登於更生日報副刊。

「1949年我在哪裡？」

穿越時間之河，穿越時光的長廊
1949那時，我的父母親還是一部歷史
我還在歷史的子宮
還在找尋歷史的臍帶
準備連接歷史的血液及所有器官
我，慢慢地游移
漫漫地浮潛
慢慢地伸展──手、腳、眼、鼻
然後，在某一天的清晨
才連接到這一片土地與空氣

穿越時間之河，穿越時光的長廊
1949那時，我的父母親還是一部歷史
風，還沒有告訴我
註生娘娘也尚未下筆
我，還只是太虛中的一粒塵子
漂流不定
當時，妳不確定是誰
我也還無法確定會認識妳

一切，都只是還在尋尋覓覓的
時間的密碼

祖父告訴我，福建過台灣，沒帶半毛錢
祖母告訴我，田地都賣光了，只剩下子孫
阿爸告訴我，前途要靠自己
阿母告訴我，香火必須要延續
三叔公告訴我，不知道1949有何祕密

1949到底有何祕密
老師說，歷史會告訴你，凡走過必留痕跡
作家告訴我，祕密就在「他們」的眼裡
祕密就在「他們」的額頭上
祕密就在，一陣風一陣雨
或者，妳我的心裡

附註：
2011年10月17日刊登於台灣時報台灣文學。

寂寞的味蕾

或許各自在山巒凝聚翠黛之後
不約而同的落入凡間。
或許飲盡千年月光之後
在夢醒的星空底下，與
蝴蝶口中的甜蜜故事，一起
墜入禪想

或許各自在清晨遇見微風之後
在森林最朦朧之處，向葉子的
角度傾斜呼喊。或許各自在蟬的羽翼
觀想明鏡以外的天空，然後
笑看青春歸零之後，激起江湖
多少紅塵

或許相約。恬淡；或許恬淡。相約
或許各自在黃昏之後
黎明之前，淺嚐寂寞的味蕾

附註：
2010年6月20日刊登於台灣時報台灣文學。

人體彩繪

彩筆是一隻馬，胸懷萬頃草原
坐擁千山百嶽，等候與雲朵
馳騁兩三個生死輪迴，等候與
俠義的光環過招，迎戰
此起彼伏的風景，等候在季節
扶疏的閃亮情境，風光
一萬年

彩筆是牧童手裡的鞭，畜牧千江明月
豢養花草樹木，等候與遨遊的
老鷹，銜著五湖四海
抓住整座叢林，飛翔萬里。等候與
多彩的神話，隔空比美。等候
一則典麗的諺語，共同演繹
飛簷走壁的傳說

彩筆是一把火焰，熊熊的
火焰，打算窯燒璀璨經典
窯燒妳我積壓在

北極圈，海面不斷冰裂的
美麗與憂愁

附註：
2014年3月9日刊登於更生日報副刊。

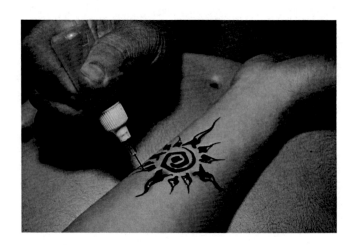

中國結的聯想

一條一條的紅線是一條一條蜿蜒的
河流，穿越於前世與今生之間
沿岸種植的美麗風景
最令人注目的生態符號是
旭日，挽著月亮
月亮，挽著星星
星星，挽著夢
夢，挽著妳的髮
妳的髮，綁著著一串一串的詩

或者挽著一闋詞牌
挽著腳足走過的山徑
爬過這一座山　　那一座山
山脈抓著樹根　　樹根撐著樹幹
樹幹力挺樹枝　　樹枝舉著樹葉
樹葉牽著雲朵　　雲朵跟著蝴蝶
蝴蝶吻著花朵　　花朵陪著森林
森林戀著大地

大地，離不開山海河湖
飛鳥走獸需要棲息花草樹木
魚群需要流水伸展舞台
而
雲朵與雲朵
需要妳我的視線，穿針引線
需要一條一條彩虹的牽引

附註：
中國結，是一種中國民間藝術品，有兩個系列、
多個品種，人體的服飾方面有戒指、耳墜、手
鏈、項鏈、腰帶……等；物體的掛飾方面有大型
壁掛、室內掛件、汽車掛件等。古色古香的中國
結大致上是由線或繩編成的。每一個中國結的基
本結都有它的形，每個形都可以依其意而命其
名。譬如「雙喜臨門」、「吉祥如意」、「福壽
雙全」…等，大概都以祝福或祈福之意涵居多。
（2013年11月2日刊登於更生日報副刊）。

秋天，手上有枝筆

秋天，手上有枝筆
從山上寫到水上
從水上寫到天上
然後
在天上，畫了水上、天上與人間的
白雲

秋天，手上有枝筆
從溪邊寫到海邊
從海邊寫到河邊
然後
在河畔，畫了昨天、今天與明天的
芒花

秋天，手上有枝筆
從妳那裡寫到我這裡
從我這裡寫到妳那裡
然後

在眼裡，畫了前世、今生與來世的
約定

附註：
2013年8月4日刊登於更生日報副刊。

全世界最瘋狂的詩人

你敢不敢接手
假設我真的從雲深不知處
扮演全世界最瘋狂的詩人
帶著雲海最柔軟最危險的愛情
魚
　　　躍
　　　　　而
　　　　　　　下

排山倒海的
千倍柔情，將迎撞你的視覺
你的視窗或許會開花、會碎裂
我說，到底你敢不敢接手
你敢不敢接手
倘若我真的從玉山最冷最高處
帶著懸崖最艱險最陡峻的情書
投
　　　射
　　　　　而
　　　　　　　下

長空排闥的

萬種驚豔，都壓在你的胸懷

你的心門將會唏哩嘩啦、四分五裂

我說，到底你敢不敢接手

你敢不敢接手

如果我真的從101大樓

帶著紙飛機書寫的邀請卡

帶著全世界最美麗的

幸福，折成的千隻紙鶴

縱

　　身

　　　　而

　　　　　　跳

撞擊你的一生

你的今世將會變成一隻蝴蝶

你的來生將會在子時，與前世交易

我說，到底你敢不敢接手

附註：
一則發生在桃園縣中原大學的社會新聞，非常有
趣，報章主題是這樣書寫的：「她膽大跳下…他
縮手未接」，「學校逾午夜門禁…女大學生跳樓
趕約會」，「學妹為愛，膽大跳樓，學長怯場，
未敢接手」，女大學生的雙腳因而骨折。筆者為
此有感而發。（2010年6月19日刊登於馬祖日報鄉
土文學）。

手語的獨白

原來巒嶂的起伏
模仿心跳的節奏
隱居在森林的露水，可以
把美麗的百花修煉成仙，而
四處奔竄的麋鹿
是傳達山脈語彙的信差

老鷹飛翔的姿勢
述說一片天空的心事
雲的顏色與形狀
分分秒秒地判讀天空的情緒

原來境外流浪的月光，可以
判讀黑夜的方向，花蕾
苞含的情緒，可以
揭露火焰奔騰的語言，而
化外驚起的浪花，可以
拍響瓶裡瓶外，對比的
影像

原來，我是一幅
有聲的抽象，畫
原來
妳的概念，可以推敲我的形狀
我的印象，可以觀賞妳的模樣

附註：
2012年01月19日刊登於馬祖日報鄉土文學。

滿山滿谷的樸素

漫山滿谷，如花樸素樸素如花
因而，四月五月六月遺落在森林的
日子，每一天都在生根發芽
一株一株的芽苗，一根一根的驚嘆號
一根一根的驚嘆號，一株一株的芽苗

油桐樹，占據了滿山滿谷的樸素
因而，這裡的每一株樹幹
都抬頭挺胸，都立於天地之間
都用雪白的顏色，宣示著客家本色

油桐花，開了滿山滿谷的樸素
因而，旋轉飄落的花，每一朵都是一枚文字
鋪陳在小徑的葉子，每片都是標點符號
項鍊，籬笆式的，圍繞著原鄉的文章
冠冕，用雪亮的節操，捍衛一座森林的名節

妳，贏得滿山滿谷的樸素
因而，髮絲如雪，話語如泉，舉止芬芳

（妳的味覺，反芻一架鋼琴的音符
黑白琴盤，反覆一座山巒的心事）

附註：
2011年11月9日刊登於馬祖日報鄉土文學。

焚香操琴

讓，曲譜點燃檀香
讓，音符掀起風浪
讓，髮絲開啟櫥窗
讓，她
情商紛飛的白蝶，挽留
喜愛流浪的雲

聽，楓葉灑落秋香
瞧，梅雪冬季動情
聽，蟬聲驚醒夏夢
瞧，百花咀嚼春天
聽，她
揮動髮絲，撥響山水的抑揚頓挫
瞧，她
踮起腳尖，輕移高山與流水的舞步

君不見！
一座山巒豎起耳翼
聽妳，焚香作夢；操琴彈心

附註：
2011年12月7日刊登於馬祖日報鄉土文學。

舉杯，銘詩

夕日向海洋勸酒，於是
雲醉了。
江水對詩人歌唱，於是
月醉了。
彩蝶銜著宋詞飛舞，於是
花醉了。

我想醉，於是邀約百花
採擷朝露蘊藏的神話
釀造千斗好酒，交相勸飲
我想醉
於是，舀一瓢水中之月
與花影倩人相扶，然後
醉臥竹林山間

我想醉
舉杯，銘詩
向雲朵勸飲
來吧！來吧！我邀請新舊愁緒

在有月的夜晚，在有花的江邊
一起，澆滅酒杯沸騰的飢渴

附註：
2012年1月10日刊登於金門日報副刊。

晚翠含玉

晚翠含玉，凝露冰清
來去雲頂最高處，煮茶，聽琴，談劍，論詩
天榻下來，還是要依約赴會，誰說
欲訴還休的心事，無處烹調
雪亮的情愫，難以烘焙

能否商借一片雨過江山，許一個恬謐的午後
飲盡清風嶺霧，喝罷碧海清風
一覽西窗漫天流螢，攀登華山最頂端，捕捉
杯底川流不息的情話，勸醉
無數夏蟬與夜景

附註：
2014年11月13日刊登於更生日報副刊。

文字，夜半來訪

文字的腳步
押著夜半風聲，踩踏著
貓的跫音
月的舞影
搖搖晃晃，翩翩
耍弄「意象」的鼓捶
叮叮咚咚
斷行斷句
敲叩我的門扉

文字的腳步
押著夜半風聲，煽惑著
「俳句」糾纏「小詩」
發動「長詩」與「散文詩」組成的
八萬大軍，四面埋伏
團團包圍、乒乒乓乓
搶攻夢的灘頭堡
一個字、一個字
霸佔我的床頭音響

文字的腳步
叮叮咚咚、伊人叩門
乒乒乓乓、大軍壓境
害我，整夜
翻來覆去，左顧右盼
枕筆待旦，輾轉難眠

詩後語：
聽！門外彷彿有人來訪，咦！這位夜訪的神祕嘉
賓到底是誰？哇！原來是文字。再聽！門外有千
軍萬馬壓著夜色，踢踏而來，仔細一聽，原來也
是文字。這首詩，我要經營的意象是：「門外有
風聲，有貓的躂音，有美麗的夜色、有典雅的月
華、有詩意的風景，有文字大軍壓將過來，門內
有思緒的激盪，有心靈的掙扎，有詩人壓榨靈
感，輾轉難眠的苦澀。」

附註：
2010年11月11日刊登於馬祖日報鄉土文學。

老人茶

寒夜，你襲上霧的神采
拎著山月的風華，造訪
我的盤底乾坤

我以迎賓大禮
漏夜敦請韓信沙盤推演
擺出圓形的陣勢
恭請你率領五臟六腑
馳赴金黃色的沙場
點將，閱兵

清一清荒塚上的白骨
聊一聊功勞簿的舊帳
比較一下，鬢髮的顏色與
瘡疤的多寡

然後，盤點
光陰的箭，剩下幾支

附註：
2011年9月6日刊登於金門日報副刊。

野地裡的有聲書〈童詩〉

蜘蛛網上，有露珠
露珠裡面，有故事
故事寫成有聲書
聲聲悅耳像風鈴

風鈴串串，像露珠
露珠串串，像個夢
夢裡聽見一首詩
叮叮噹噹說故事

附註：
某天的早晨，在台東縣鹿野鄉的野地上發現有很
多蜘蛛網的網面上都懸掛著一顆顆的露珠，彷彿
串聯的珍珠，又好比一串一串的風鈴。她說：
「這是一部有聲書喔！我聽見有叮噹叮噹……悅
耳的音符」。（2014年10月30日刊登於更生日報
副刊）。

詠石灰

千錘百鍊出深山，烈火焚燒亦等閒
粉身碎骨終不悔，留得清白在人間

　　　　　　　　詠石灰（明・于謙）

前言：

石灰說：窯燒我吧！即便我變成粉末，我的志節
依舊堅如磐石，就算把我的血肉粉刷在牆壁之
上，我的嶙峋氣度是高潔凜然的。窯燒我吧！我
的顏色，最適合寫一首雪亮的詩。

ㄅ、嶙峋的氣度

誰說磐石，才能表述堅貞的志節
誰說高山，才能展現嶙峋的氣度

我是來自深山的一塊石灰
冷然雋永是我鏗鏘的風度
就算

千面高牆,都難以抵擋
難以抵擋我千年的表白

ㄆ、等候閱讀的一面鏡

誰說清白一定要在武士的舞台切腹
才能呈現東洋式的告白

我只是來自山巒以外的一潭湖水
清澈可鑑,彷彿等候閱讀的一面鏡子
毋庸鑿鎚,毋庸刀劍
便可清楚涵攝我的五臟六腑

ㄇ、雪白的愛情

誰說雪山,才能宣示天長地久的誓言
誰說冰河,才能凝聚前世今生的緣分

我是來自深山的一塊石灰

高山峽谷有我高海拔的愛情
就算
層巒疊嶂,都難以阻擋
難以阻擋我千年的表白

詩後語:
〈詠石灰〉是明朝抗敵名將于謙,十七歲時的詩
作。
這一首詩,相傳有另一種寫法:「千錘萬擊出深
山,烈火焚燒若等閒,粉骨碎身渾不怕,要留清
白在人間。」
石灰是建築的材料,用以塗在牆壁,使其成為雪
白的顏色。其來源大都採自高山地區的石灰石。
這些材料,經過長時間的火煉,再磨碎成粉,加
水調和,便可粉漆。

附註:
2010年12月5日刊登於台灣時報台灣文學。

知足

一席養禪的地方，然後
粗茶，淡飯
還有
一面可以撥動心情的古箏
一條可以裱褙落葉的小路
一個可以觀想天地的亭子
一池可以談心的鵝
一面可以寫文章的湖水
半畝可以耕作的田園
以及，一壺半溫半熱的
白開水

附註：
2009年12月25日刊登於人間福報副刊。

咖啡杯的舞臺

用一杯咖啡，買下一座山巒
山巒的附加價值是一種意境
意境的層次，如歌渲染……
森林是觀眾、咖啡杯是表演空間
唇瓣的慾望，掌握了風景的容量

放上咖啡，浮水印是劇場舞台
拿鐵是劇目、吸管是導演
雲霧與杯裡的奶泡，都是蒙太奇的
信徒，崇拜欄杆以外的神話，至於
欄杆以內的我，只想閒看
杯裡、杯外　雲卷雲舒

吸去咖啡，杯底是風景的舞台
山巒釋放千百種味蕾
寧靜分享霧中的空靈
空靈是鋼琴隱居山中的
鍵盤，唯獨二種色澤相互守候
黑鍵是夜幕、白鍵是白晝

黑與白是山巒霧來霧去的時光
黑與白是森林飛來飛去的鳥鳴
鳥囀蟲鳴是山巒的手指
樹與樹,是等待撥弄的琴弦

下午茶的時光,咖啡是一面湖
金針花,假裝薩克斯風
一首大自然協奏曲,煮沸漫山花海
一片太平洋來的霧,澆灑我的愁緒
我的詩句,在杯中,泅泳

詩後語:
幾年前,遊賞台東太麻里金針山時,有一片輕霧
從天邊壓將過來,重重地撞擊我的胸膛。今年八
月初,我有備而來,先是以一杯拿鐵遙敬那一片
霧,再轉動攝影鏡頭接納它,然後把它豢養於記
憶卡之中。

附註：
2014年10月19日刊登於中華日報副刊。

跨越困境的能力
——致「口足畫家」楊恩典

「十萬山巒足下走，千江水月紙上流」
「一筆風景要何價，幾滴色彩定千秋」

苦難，是佛前綻放的一朵青蓮
挫折，是天邊飛過的一陣輕煙
千山，是眼前層層疊疊的風景
何足為懼！
無足為懼！
不足為懼！

搖動筆桿，萬物均在足下
君不見
叢林佔盡一紙丰采，卻輕如鴻毛
江海蓄水三千，卻薄如晨霧
荷花燦然一笑，乍然開示滿池漣漪
紅頂鶴，一腳抓住森林的心事
老松不動如山，渡化漫山叢林

我說：無足，豈能撐竿而跳
妳說：只要一筆在足
就算欄杆高如千仞峭壁，遠如層巒疊嶂
撐筆而跳，十萬八千里
君不見
腳足，足以掌握大千世界
墨筆，足以說服芸芸眾生
宣紙，足以容納人間萬象
足下乾坤——
　　如此繽紛燦爛，如此多采多姿

附註：
2011年10月22日刊登於更生日報副刊。

大稻埕的感官美學

城市有眼。

從淡水河那面「多媒體簡報」開始聯播
首先是白鷺鷥眼中呈現遊客的照相機，接續是
照相機對準大稻埕碼頭，那被裝置的
錨與被擺設的船隻窗戶相互凝望。然後，是
淡水河的落日，碰觸了臺北的開關，點亮城市的
街燈，圈點了每一戶店家的
門窗，眉批了每一部車子的頭燈及每一位遊客的
眼神

城市有耳。

從臺北霞海城隍廟的守護神與香爐開始傾聽
首先是香煙裊繞如耳，如祈願者手上的筊杯，擲
出去之後
變成緊貼土地的雙耳。雙耳如老街兩側的騎樓
任憑情侶用各式各樣咬耳朵的劇碼，釋放愛情的

耳語，蠱惑
像〈望春風〉這樣的老歌，安撫整座城市的耳翼

城市有鼻。

從街頭藝人的茶道演繹，穿越宇宙的呼吸
城市是一座茶盤。碼頭是一壺老人茶。老店是一
枚可以聞香的高杯。
路邊攤是就口的矮杯。文化則是暖暖的茶湯，那
向上裊繞而起的
煙霧，是一種時尚的潮流，沿著大街小巷，昇
華。昇華成一種
草本植物，用山脈的鼻息探索隱藏在杯海裡的詩句。

城市有舌。

從大稻埕碼頭的遊船到城隍廟的平安茶，開始在
口中探索

遊客如魚，不斷泅泳入船；遊船如舌，不斷拭去
遊客的疲憊。
遊客一個一個進入老街。老街用舌的身段，迎接
遊客。
這座城市的店家及街樹，擅長演繹舌尖圓舞曲。
曲調的風味，牽動城市的味蕾。比如烏龍茶、燕
窩，關涉唇瓣⋯⋯

城市的身體。

眼耳鼻舌，沿著大稻埕的地圖，伸展與律動
碼頭是心臟。迪化街及其他大街小巷是五臟六腑
整座城市活蹦亂跳。慢跑非常時髦，從夜跑，到
午後跑
從晨跑，到散步。從布袋戲到皮影戲到傀儡戲到
歌仔戲的死去活來。
碼頭的左心房與右心房，隨著流水的音律，不斷
循環。

淡水河是一把桿秤。

大稻埕碼頭是秤盤。那裝置於岸上的
錨是秤鉤，來來去去的遊客是秤錘。執此而秤
〈淡水暮色〉與〈日落愛琴海〉的槓桿支點，在於
煙火的效果，把城市的風景窯燒成漁人。把飛天
的火花綻放成
刪節號變成釣竿……不斷垂釣隱喻在河裡的光影

附註：
〈淡水暮色〉是洪一峰的知名臺語歌詞。〈IN THE
SUN日落愛琴海〉是美國爵士歌手珍夢海的專輯。
（2016年6月25日刊登於中華副刊）。

輯四
美術詩篇

傾聽一抹油彩的聲音

我是諸羅城的音符，回眸凝視一抹油彩
那一抹油彩，乘著歷史的翅膀
把一個時代的滄桑、色彩與節奏
演繹成一幅七彩的舞步
舞步，彷彿彩筆的腳，在「調色盤」旋轉

我是諸羅城的泥土，調合涵養一抹油彩
那一抹油彩，從嘉義公園到淡水
把城市的街道、田園與山川
建構成一座蘸滿顏色的舞台
舞台，隨著劇碼步調，在「調色盤」旋轉

我是諸羅城天空的一片雲彩
我是諸羅城土地的一幅自畫像
帽緣以上，有梵谷的沉思
帽緣以下，涵蓋著諸羅山的構想
我的眼神有蘭潭的影像
我的構想來自於自信的鼻樑

我的臉龐，彩繪著嘉義的光芒
我的顏料來自於嘉義的日月星辰

我在時代的畫廊，傾聽一抹油彩的聲音
我在北回歸線N23.5度，舞動一抹油彩

附註：
一、2011年9月刊登於美麗嘉義月刊。
二、2011年來自於嘉義市公共論壇網站「諸羅城
　　之美」的版面。

油彩長了翅膀

油彩長了羽毛，毋庸振翅，就成歷史
鳳凰木踮起腳跟，悠然一望，竟成思念
白天鵝梳理翅膀，稍微轉身，就成永遠
番鴨紅著臉龐，一個飄浮，就成經典
丹頂鶴伸長脖子，每一啄食，都是詩句

嘉義公園是一隻變色龍
油彩變的小女孩是一部童話故事
圓形水池是一部流動的音樂盒
小女孩的母親是一部故事製造機
變變變
鳳凰木的巨大羽翼底下，有色彩不斷繁衍
鮮紅，把鳳凰花蛻變成蝴蝶
火紅，把紅燈籠孵化成精靈
綠色，把樹葉鋪陳成屋宇
水色，把辨天池編造成紙飛機
紙飛機，飛翔且環繞著鳳凰木

鳳凰木踮起腳跟，悠然一望，竟成思念
油彩長了翅膀，一旦著地，都是故鄉

附註：
油畫〈嘉義公園（一）〉是一代畫家陳澄波先生
於1937年完成的。這張複製畫被裝置在嘉義公園
的小西湖畔（昔日的辨天池）。

陳澄波油彩《嘉義公園》（一），財團法人陳澄
波文化基金會提供圖像授權刊登。

陳澄波的油彩組曲

澄現色彩三千層，波瀾筆海五萬峰
藏住文采九百丈，鋒起諸羅一丹青

之一、油彩的子宮──〈初秋〉（故居）

桃城有孕，色彩萌生
歷史有孕，巨擘妙生
於是，彩筆的舞步
如臍帶，如海平線，如水中魚
如不斷延伸的街道巷弄
如番地，漸次蔓延──

嘉義街七三九番地是油彩的子宮
那時，所有樑柱與磚紅
所有書房、畫架、畫紙、畫筆
所有調色盤、所有紅橙黃綠藍靛紫
所有線條與動靜
都承受著鄉土的恩惠

那時，1895年，你承受著鄉土的
恩惠，形成歷史的羽毛
以一個夢的重量
隨著晾曬的衣服，飄成藝術的
魚，泅泳在屋宇與屋宇的
庭院之間，然後
乘著屋頂瓦片的光影
在畫紙最美的位置，著床

那時，鄉愁著床於嘉義街七三九番地
那時
　　　桃城有孕，色彩萌生
　　　歷史有孕，巨擘妙生

陳澄波油彩《初秋》，財團法人陳澄波文化基金會提供圖像授權刊登。

之二、〈嘉義街中心〉

重返中央噴水池的現場
噴水池方圓五百公尺內的所有事物
都凝固成斑駁才可以喚醒的歲月
街道上的電線桿
是唯一企圖連結前世與今生的隱喻

重返中央噴水池的現場
那噴水柱上湧起的難以預測的所有水花

都凝固成意象才可以爆發的燦爛
噴水池裡，那些等候激起的夢
是唯一可以詮釋時代語彙的浮水印

重返中央噴水池的現場
你的筆端觸目可及、揮灑可至的所有油彩
都凝固成耳翼才可以辨識的音色
你永遠是噴水柱上端最閃亮的那一滴水花
水花看見的所有諸羅城子民的心事
都凝固成顏色才可以照見的歷史

歷史的聲音重返現場，形成油彩交響的共振──
中央噴水圓環是油彩交響樂團
噴水柱是陳澄波的彩色指揮棒
水花是旋律、油彩是節奏
所有曲目，隨著
原鄉的音符，這樣鋪敘……
街道上的腳步聲、招牌文字的呼喊聲
噴水池的舞蹈聲、攤販的叫賣聲

人力車輪軸的滾動聲
池水漣漪，張力逐漸暈開的聲音

陳澄波油彩《嘉義街中心》，財團法人陳澄波文
化基金會提供圖像授權刊登。

之三、沒有勾勒的鄉愁──〈嘉義街外〉

1926年的那一條街
你用象徵覆蓋了一條溝渠
用洋傘與斗笠撐起整座城市的文明
用木橋的身段與修為，引渡荒野

用電線桿的筆直氣度
把畫裡的電線，隱喻成
一種沒有勾勒的鄉愁

啊
鄉愁，亢奮成街道上的電線桿
電線桿高舉鄉愁的手
鄉愁的手，把南國的
夢，垂掛在北回歸線的上頭
君不見那
北回歸線，就是一種摸不著
卻又一直壯大的鄉愁

啊
一直壯大的鄉愁
以一條溝渠的長度，不斷流淌
不斷抽象
不斷縱深街道巷弄的深遠情懷
不斷縱深地面與天空的二元思考
不斷用圍牆與樹木主張都市與叢林的論述

2015年的那一條街
我假裝弗萊，立於垂楊路與國華街口，向後站
以照相機穿越時空的快門
在油彩的濃淡與鏡頭的伸縮之間
尋找電線桿與電線的對焦
那時，所有鄉愁
如夢，往無藏處，縱深

陳澄波油彩《嘉義街外(二)》，財團法人
陳澄波文化基金會提供圖像授權刊登。

之四、〈展望諸羅城〉

你說，那是高大煙囪，有煙吹起
我說，那是諸羅人伸長頸項，有畫要說

有畫要說，因而
煙囪伸長頸項，大樹小樹伸長頸項
電線桿伸長頸項，建築物伸長頸項
你伸長頸項，我伸長頸項
畫筆伸長頸項
而
油彩也伸長頸項，是為了讓你在畫裡展望諸羅
諸羅城伸長頸項，是為了
讓這幅畫伸長頸項、掀起蓋頭、張開眼眸
窺視世界

窺視世界，諸羅城以一抹油彩的
氣度與品格，伸長頸項

向世界翹首
向世界說畫

陳澄波油彩《展望諸羅城》，財團法人陳澄波文
化基金會提供圖像授權刊登。

之五、殞落還是初開的白——〈玉山積雪〉

油彩長了眼眸
從蘭井街向玉山的方向遙望
一眼看出玉山山頂,積了雪
一眼看出滴水觀音,披上素衣

玉山長了眼眸
從山頂向蘭井街的方向遙望
一眼發現畫家的畫紙,積了雪
一眼發現出水蓮花,披上素衣

畫紙長了眼眸
我佛慈悲,君不見那雪是玉山湧起的
淚水,是一部佛經開出千朵白蓮。
我佛慈悲,君不見那雪是玉山打造的
淨瓶,是一尊觀音灑下千滴露水。

調色盤長了眼眸
千百種顏色，萬頭鑽動，爭相告白
雪焉廋哉！雪焉廋哉！
那遠與近的燦然鋪陳，決然
不是殞落，決然是
萬象初開的白

君不見
　　桃城有孕，色彩萌生
　　歷史有孕，巨擘永生

陳澄波油彩《玉山積雪》，財團法人陳澄波文
化基金會提供圖像授權刊登。

附註：

1. 本詩〈陳澄波的鄉愁組曲〉的創作元素來自於陳澄波的五幅畫，其一、1942年的〈初秋〉、其二、1934年的〈嘉義街中心〉、其三、1926年的〈嘉義街外〉、其四、1934年的〈展望諸羅城〉、其五、1947年的〈玉山積雪〉。

2. 陳澄波的鄉愁樣態：其一、鄉愁典型期：1924至1929年（東京美術學習期）、1929至1933年（上海任教期）。其二、鄉愁迴盪期：1933年返臺之後。（參考自邱函妮的論文〈陳澄波嘉義圖像初探〉）

3. 番地是日語用詞，泛指地址，或門牌號碼。

4. 陳澄波的故居，原先的地址是嘉義街七三九番地。現在地址：嘉義市東區蘭井街249號。

5. 諾思羅普・弗萊（Northrop Frye，1912-1991，以下簡稱弗萊）是加拿大學者，也是歐美當代文學批評界巨擘。弗萊說：「『向後站』從大處著眼，從更廣的角度去考察文學作品的構成，突破某一兩種文學作品的界線，達到對文學總體輪廓的清晰把握」

6. 〈玉山積雪〉是陳澄波先生的最後遺作。

陳澄波的自畫像

向後站，然後把雙手的大拇指與食指比成

　　　　左食指左食指右

　　　姆　　　　　姆

　　　指食右指食右指

鏡子是宇宙。除了向日葵的風景

就是你

你的彩筆，容許蘭潭孳生一群意象

豢養在眼波千層的對焦之處

放任筆尖，在油彩的舞台

急速滑動舞步，瞬間凝固鄉愁

概念裡，巨大的寬邊帽是北回歸線

你，是油彩的原鄉

彩筆，是感官的空間演繹者

筆路矯捷如兔，任憑

玉山的主張與本質，論述額頭

阿里山的神木意象，詮釋鼻樑

諸羅山的嘉義精神，隱喻頸項

任憑彩筆，如是催生「嘉義街中心」的一池水花

時而揚起眉目

時而豎起耳翼
時而釋放唇瓣的
刪節號，不斷地
……點點滴滴地發聲
聲音裡，有點、線、面的神話原型……
不斷向四面八方暈染
暈染，然後
把雙手的大拇指與食指比成
一面鏡子
鏡子是時代的調色盤。
除了向日葵的風景
就是你，被凝凍的眼、耳、鼻、舌、身、意

附註：
1.本詩刊載於《有荷文學雜誌》第21期。
2.陳澄波的自畫像有兩幅，這首詩指的是1928年的
　畫布油彩。

陳澄波油彩《自畫像(一)》，財團法人陳澄波文化基金會提供
圖像授權刊登。

輯五
精華選粹

系列（一）情詩選粹

我是誤闖書房的麻雀

我是誤闖書房的麻雀
偶爾停駐在妳的窗櫺
不要趕我，許我
為妳搖響一億光年的風鈴
許我，瞻仰接續不斷的流星
垂釣妳瞳眸深處，種植的
心，願

我是誤闖書房的麻雀
無意間停落在妳的字裡行間
不要趕我，許我
用貼身的斑點，為妳
飛的出口標點符號，許我
銜起拾穗的種子，為妳
愛的方向下定註腳

我是誤闖書房的麻雀
且容我
片刻依偎在妳的身邊，邀請
書架上紛飛的蝴蝶
共飲一杯，靜謐的
夜，與
咖啡

附註：
刊載於秋水詩刊第125期第89頁〔94年4月出版〕。

遇見妳之後

遇見妳之後，才知道
「伊人」這個詞彙，是那般絕美
遠比夢裡飛過的霧
遠比霧裡飄落的花
遠比花裡綻放的蝶
還要矇矓

遇見妳之後，才知道
「蒹葭」揮寫的書法，是那麼秋天
遠比池水擴散的思想
遠比思想凝聚的風景
遠比風景形成的印象
還要雋永

遇見妳之後，才知道
一定是秋天動了情愫
不然，黃昏的河畔，那千百株芒花
不會隨著水上的風，頻頻點頭說:

「染髮為霜，只為信守
千年的承諾」

遇見妳之後，才知道
那雪白的聲音，來自遙遠的城堡
那喜歡流浪的漫天飛絮，尋找的
是蘊藏在欄杆以外的記憶
遇見妳之後，才知道
杵在燈火闌珊之處的
秋天，偷偷地動了情愫
不然，那千百株芒花
不會頻頻點頭，信誓旦旦地說：
「染髮為霜，只為與妳廝守在水一方」

附註：
這首詩於2010年6月25日刊登在台灣時報「台灣文
學」。
首先發表於2008年4月刊登在秋水詩刊第137期。

手拉坯

這是一盆火，還是一團土
旋轉的是前生，還是來世

那交相體貼的雙手，塑造的
是傳說，還是故事
一千度C的柴火，是否也可以對等的
窯燒一千年的戀情

妳問，我到底要什麼
是一個可以容納天地的缸甕
還是一個鑲嵌蝴蝶的花瓶
或是一個聽禪的茶壺

附註：
這首詩於2008年3月6日刊登於中國時報人間副刊。

黑天鵝十行

喜帖上的文字是火藥
妳的眼眸是引信
腳底的印信，是愛情的火把
一連串的鞭炮是等待爆破的山巒

幸福，沿著紅地毯窯燒
發亮的羽毛，編輯黑森林的印象
舞台周邊的紅螞蟻，企圖搬運
澳大利亞的黑色基因

洞房花燭之夜，整個世界的
月光，都在尋找卡夫卡的星空

附註：
這首詩於2008年3月6日刊登於中國時報「人間副刊」。

試探妳手心的溫度

坐臥於一片喧嘩紛飛的世界
妳卻以一種超乎出神的寧靜
探索一群等待羽化的文字。

妳說，那一個午後，四月的
影子蛻變成妳的書籤。而
油桐花的語彙，聽說
就一直合在那本書的某一章扉頁
傳說，那一頁可以試探手心的
溫度

妳，坐擁一座山城
一棵樹，在閱讀妳的思維
我，以快門把妳歸類成一首小詩
風，以樹上的蟬鳴，反芻
五月遺落滿地的雋永

附註：

1.那一天，在西湖渡假村樹林的斜坡上，無意間，
捕捉了一個燦美的畫面。就是她，一位女子端坐
於樹林底下埋首閱讀一本書。她，出神的姿態，
是詩的第一行，而第二行詩句很自然地從她的眼
眸滴了出來，第三行第四行第五行，乃至第十四
行，都只是一種翻書的模樣。

2.這一首詩於2009年3月3日刊登於更生日報副刊。

石中梅

磐石，是世間最難化解的心事
雪白發芽的冬天，是生命最芬芳的季節
千迴百轉的陡峭山脈，是誰在等候
等候芳香撲鼻的文字，在冷冽的
石頭夾縫中，勇敢的綻放

勇敢的綻放，勇敢的
堆砌組合一首傲骨凌霜，凌越嶙峋的
小詩

噯！這世間竟然有這等絕美的愛情故事
一株梅樹，在山林最寂靜的角落
偷偷的，把終身託付給一塊石頭

附註：
這首詩是〈風櫃斗組曲〉之一，於2010年6月15日
刊登於馬祖日報「鄉土文學」；於2010年4月24日
刊登於台灣時報副刊。

黃豆的心事

黃豆粉碎的過程
決然是男女相約殉情
最淒美的壯烈想像

妳說，誓死守身
即便磨碎機，刀光赫赫
堅持以翩翩起舞之姿，面對
磨難，這是妳唯一的愛情哲學

妳說，起初，堅厚如石
最後，潔白如玉
黃豆的結局，決然是一首詩

附註：
這首詩，2010年1月17日刊登於更生日報副刊（此詩
入選中國時報人間副刊《紅色情詩》每週【2008/04/
21~2008/04/27】最紅榜的作品）。

妳的腳步聲，是否來自宋朝

告訴我，這空中走廊，可以通往宋朝嗎
或者它只是一種髮的書寫方式
當一座森林都在沉思的時候
妳的腳步聲，是否可以
隔空走入一片樹葉的詩想，然後
在橫跨朝代的視覺領域，強說
這一個季節，就只是一個「愁」

告訴我，天上的那一片雲，可以飛向妳嗎
有人說，它只是一群紛飛的蝶
當全世界的浪漫，都在這個走廊
相遇，我的視界只允許
妳，髮上的一抹清香，以及
掛在樹梢，即將蛻變的
夢

告訴我，起點與終點的距離有多長
告訴我，走廊的盡頭，是否還有轉角

告訴我，一座靜謐地山巒，可以餵養多少首詩
告訴我，妳的腳步聲，是否來自宋朝

附註：
1.南投縣旅遊勝地「溪頭森林」之空中走廊，入口
　處，也是出口處。
2.這首詩於98年7月7日刊登於「更生日報」副刊。

屋頂的東北角

麻雀，是印象派的流浪畫家
在屋頂的東北角尋找一位撐傘的女子
停佇於籬笆上的
蝴蝶，是今天的女主播
故意飛到遮陽傘底下，咖啡杯的
邊緣，點播了一首交響樂曲

向日葵，是這個世界唯一的燈塔
九重葛，是妳用歌聲打造的階梯
下午茶的故事，喜歡在透明的
茶壺，烹煮不一樣的心事

附註：
這首詩於2010年1月15日刊登於更生日報副刊（入選
中國時報人間副刊《紅色情詩》每週【2008/03/31～
2008/04/06】推薦的作品）。

可否為妳撐一把傘

可否為妳撐一把傘，我想
掀開花瓣的原貌
讓千朵輪迴的夢想，契合
天，地
遙望的相思

可否為妳撐一把傘，我想
揭露江山的面紗
讓寂寞淬涷的信箋，寫下
古，今
呼應的輕愁

可否為妳撐一把傘，我想
諦聽荷雨的協奏曲
讓鏗鏘翻滾的露珠，串起
叮，鑿
撞擊的眼眸

可否，為妳撐一把傘
執子之手，飛過這座橋
飛過那溪河，可否
讓我們，轉動整個
宇，宙
找尋被陽光遺忘的角落

附註：

1. 舊作，本詩於93年10月刊載於「秋水詩刊」第
   123期．另獲（聯合文學——文學熱網）入選刊
   登於（創作熱網）。

2. 無意間，闖入美濃的（紙傘感情世界），於是轉
   動的速度，頓時成為宇宙的神話，於是髮上的圖
   案.文章，頓時都成為繽紛的愛情謠言.為此我迷
   戀於紙傘的一顰一笑，瘋狂於紙傘的一張一合。
   這首詩，透過[花・面紗・荷雨・宇宙]等四種情
   境，散播傘的冥想空間。

系列（二）得獎選粹

窗子的聯想

這首詩，參加行政院文建會「愛詩網」「好詩大家寫」徵詩比賽，雙項得獎

    1.第四高票入選「網路人氣票選」（總計錄選25名）

    2.「專家評審獎」，獲得「佳作」（總計錄選50名）

之一、城市的耳翼

先是風鈴敲醒了城市的耳翼
後來是麻雀用嘴喙掀開了世界的窗簾
於是，窗戶的聽覺把道路拉成五線譜
窗外的車子與行人，各自擁有一部主題曲
窗內，我是來自蘇門答臘的咖啡樹
妳是一具來自維也納的磨豆機

之二、高樓大廈的窗子

高樓大廈的窗子，一扇一扇的
一扇一扇的，好像鋼琴的鍵盤
白鍵彈響一座城市遼闊的天空
黑鍵用半音，降了夕陽，升了月亮

高樓大廈的窗子，一扇一扇的
一扇一扇的，好比會聽話的耳翼
左耳，傾聽世界；右耳，聆聽夢囈

之三、你的耳翼，是夢裡的一扇窗

如是聽聞，聽聞如是
你的耳翼，是夢裡的一扇窗
窗外有一隻貓，會聽音樂
窗內有一隻蝴蝶，會欣賞交響曲

風鈴搖動，搖動風鈴
你的耳垂，是霧裡的一座鐘
山路如夢、山巒如花，窗戶如歌、天空如曲

之四、花與窗櫺的對話

假設有一座山城，用一張秋天的
喜帖，邀請百花參與音樂饗宴
妳會用那一面窗戶，聆聽喜訊

窗櫺說：我鍾愛莫札特的G大調小夜曲
花說：花嫁的季節，E大調比較唯美
妳說：夢很短，世界的耳翼很長

如果，紋臉

如果我沿著中央山脈的稜線，踢踏而來
妳是否願意與我守住這一片江山
用布洛灣的夫妻樹，為我繁衍千仞峭壁
用清水山的眼眸，眷顧花東縱谷
用曉星山的姿態，擁抱群峰
用三角錐山的癡情，廝守東海岸
叫二子山，隔著面紗，舉目揚眉

如果我從太平洋的方向，逐浪而來
妳是否願意捻一則山茶花的微笑迎我
是否願意讓一部武俠小說，進駐峽谷
是否願意用碧水、巒影、波光，烘焙
一盞下午茶，然後用登山的方程式
用禪，用夢，刺繡原鄉，刺繡
最美麗的嶙峋臉龐

如果我從東海岸迂迴而來，想閱讀妳
閱讀妳的表情，閱讀妳的容顏
閱讀一束長長的秀髮，立霧溪

閱讀一首生命的歌謠，三棧溪
閱讀砂卡礑溪深藏在大理岩石的祕密
閱讀中橫公路，用意象寫下的潑墨卷軸
妳是否願意與我談論一棵樹
談論九曲洞的前世與今生，然後
用瀑布的聲音，宣讀太魯閣臉上的傳說
宣讀太魯閣額頭上的風霜

如果妳是原鄉，最美麗的嶙峋臉龐
如果妳是洄瀾，最燦爛的歷史容貌

※獲得2010花蓮文學獎——雲天之得獎感言
花蓮是我的第二故鄉，我曾經是這塊土地的子民。
人親土親，因而血液裡，奔淌著花蓮的風景因子。
引水思源，因而刻骨銘心的鄉愁，彷彿太平洋不斷
湧起的浪。
好山好水，因而我的夢中，常有碧水、巒影、
波光。
住過花蓮，因此我懂得如何閱讀「花蓮之美」；

住過花蓮，因而我了解花東縱谷的心事；住過花蓮，因而我熱愛原住民的舞曲；住過花蓮，因而我樂於歌詠洄瀾，歌詠這面燦美的容貌。

「如果，紋臉」，這首詩以太魯閣國家公園的風情為軸，把詩眼置於嶙峋臉龐，把詩心置於山水圖騰及原鄉的悠悠情懷——臉龐的素材，來自於太魯閣的骨架（清水山等七座山脈）；紋線的素材，來自於太魯閣的血脈（立霧溪等七條溪流）。

欣喜得獎，感謝老天爺！感謝花蓮！

阿里山森林

剪貼一段千年祕密
老鷹不動如山，雙眼
匯聚來自曾文溪的歌聲
飛鼠叼著山巒的清夢
夏蟬拷貝挪威的交響曲
妳我拾階而上

來幾盤森林大餐吧
我想要
神木炒松濤
櫻花炒情詩
姊妹潭的月光炒林間的低語
小火車的土司加日出的蛋餅

附註：
這首詩於2009年3月12日參加行政院林務局植樹節
「森愛宣言」新詩創作競賽獲得「佳作」。評審
老師---詩人向陽等人。

母親的裁縫車

針是迎接晨曦的手
線是緊扣生命的光環
踏板是熟諳節奏的千層浪花
輪軸是柴可夫斯基最經典的唱盤

翦刀是不斷旋轉的，芭蕾舞的
腳，兀自把布匹跳成
一片夢想暈開的天鵝湖

尺碼是妳波光粼粼地
眼睛，喜歡在寂寞的牆角，測量
美麗與憂愁的距離

每一件衣服，都是月光裁翦的
每粒鈕子都是漏夜採擷的星子
每付衣架，都牽掛著妳額上的秋天

針線盒是沉睡的蓮花，終究蒙上美麗的
灰塵，終究以寧靜的姿態，觀賞

風聲、雨聲、喧鬧聲，觀賞
嘆息聲。終究在柴可夫斯基的
唱盤，迴盪著

附註：
2008年獲得「伊甸社會福利基金會」（作家劉俠
創辦的公益團體）詩文競賽，第一名。

父親遺留的那把二胡

妳說，供奉在書案與窗櫺之間的二胡
彷彿一株逐漸抽芽的紫檀盆栽
也彷彿是觀世音手裡的淨瓶與柳枝
我說，琴筒是孕育情愫的音樂子宮
絲弦是母親等候父親的飄逸長髮
拉弓是生命中的那個男人的肩膀
一肩扛起人世間的千百種苦難

千百種苦難，隨著細小絲弦的節奏
幻化成滿城紛飛的羽毛
父親啊，您可知道
那細小絲弦與八方琴筒臍帶相連的
血緣，好像庭前那株桔子樹
垂滴的橙黃，把海洋般的恩澤
孕育成斗大的、閃亮的露水
又好像停駐在窗櫺的那隻蟬
模仿老靈魂的叨叨絮絮，卻又
感人肺腑的叮嚀

嗳！原來這世間最動人的
音樂是，唧唧吱吱、吱吱唧唧
交相拉扯的、迴盪肝腸的
擾人清夢卻又緊扣心弦的音調
原來馬尾與絲弦千百次的磨擦
演繹著一種切割不斷的親子語彙
原來琴皮讓人豎起雞皮疙瘩的旋律
來自於左手與右手超越時空的喊話
原來供奉在書案與窗櫺之間的是──
一個可以暢談古今、方圓能容的活菩薩

附註：
2009年長庚生物科技暨國語日報感恩創作比賽，首
獎作品。

老農之歌

阡陌是農村願景與田園風景的骨架
縱的，向世界標示生命力的座標
橫的，敬謝天地蒼生，伸手扶植

老農是秧苗的父母、稻田是家園
月光是被子、星子是夜燈、白鷺鷥是夥伴
插秧，用成長的聲音向大地展示生命之美
抽芽，隨太陽的光芒向黑夜表露溫暖之心

耕耘機是全世界最農村的管樂器
稻田的音樂布局，是老農一生最雋永的交響曲
首部曲：把額上的皺紋拉出五條線，譜上夢想
二部曲：鋤頭主奏、溝渠伴奏，演奏「擊壤歌」
三部曲：斗笠主奏、稻葉伴奏，吹奏鄉野樂趣
四部曲：小溪主奏、蛙鳴協奏，演奏「樂以忘憂」
尾曲：漫步田埂，用口哨，演奏鄉村協奏曲

鋤頭是最經典的如椽之筆
稻作是老農堅持出版的一本鉅著
序言，有青山有綠水有天地恩情
跋，有飯粒的評語與陽光的讚美
封面的精神圖騰，有老牛與牛車

天地如此有情，因而溝渠蜿蜒守候
米粒如此快樂，因而花香鳥囀蟲鳴
老農如此謙卑，因而稻穗飽滿低首

附註：
「國語日報」與「長庚生物科技公司」舉辦的
2010年感恩創作比賽，榮獲「新詩組」第1名。
（2011年1月24日刊登於更生日報副刊。）

我們相約在諸羅城市見面

> 前嘉義市長黃敏惠說：「建設會讓城市看
> 起來巨大，但文化卻會讓一個城市變得偉
> 大。」嘉義市深耕了十八年的管樂文化，
> 如今將在2011年以「管樂城市」之名，躍
> 上國際舞台，實在值得慶幸。
> 值得慶幸，因而我以詩歌組曲為軸心，概
> 要鋪敘諸羅城之管樂風采於萬一。

【首部曲】我們相約在諸羅城市見面

我們相約在諸羅城市見面
好不好？
當管樂以喜氣洋洋、蝶雨繽紛的聲音
在這一座城市的天空，下起了磅礡的
音符大雨，請提醒我，我們一起相約
在諸羅城市最燦美的角落，一起豎起
耳翼，聆聽大地的心脈，聆聽全世界
你說，好不好？

【二部曲】桃城的天空，下起了磅礴的音符大雨

射日塔彷彿一位音樂權威
以管樂之名，站在桃城的最頂端
指揮千百朵雲霓，在城市的
天空，下起了磅礴的音符大雨
    踩街舞蹈，舞蹈踩街
    變換隊形，隊形變換
    長號小號，長笛短笛
    薩克斯風，黑管雙簧

我模仿美國交通警察通尼‧樂坡爾（註一）
以指揮之名，立於桃城的大街小巷
瀟灑地指揮著行人與車輛
    前進後退，後退前進
    左轉右轉，右轉左轉
    全面來車停止
    左右來車速行

妳說，噴水圓環是一面管樂的經典唱盤
嘉義市中山路是一支唯美的唱臂
來來往往的行人與車輛是唱針
我說，那耀眼的鰲魚，是今年管領風騷的指揮家
　　2009年的諸羅城，是一首管樂交響曲
　　第一樂章，鰲躍江海、點燈祈福
　　第二樂章，「管樂城市論壇」
　　第三樂章，「管他什麼音樂」（註二）
　　第四樂章，踩街熱舞與隊形變換
　　第五樂章，管樂鳴響迎新年

【三部曲】：管樂指揮家，如是說——

交通警察的指揮神態，有管樂指揮家的風采（註三）
道路上的每一位駕駛，都是管樂高手
摩托車是高音薩克斯風（註四）
轎車是喜歡獨奏的英國管（註五）
大客車的喇叭聲好像法國號（註六）
大客車的排氣管彷彿巴松管（註七）

交通警察彷彿樂旗隊的指揮
嘴裡的哨子，是明亮又震撼的小號（註八）
全部車輛停止手勢，人潮車潮，嘎然而止
通行指揮手勢，腳步與輪軸交叉穿梭
轉彎指揮手勢──
有一些腳步聲，向左轉彎
有一些引擎聲，向右轉彎

【四部曲】交通警察，如是說──

管樂手與管樂器，彷彿行人與車輛
管樂指揮家的眼神，好比十字路口的紅綠燈
管樂指揮家的表情，仿如指引方向的交通標誌
管樂指揮家的指揮棒，抑揚頓挫的
節奏與模樣，簡直就是交通指揮的雙手

2拍子，落在斑馬線上的第二條線
3拍子，落在行人的髮上、臉上、肩膀上

4拍子，落在機車的排氣管
5拍子，落在休旅車的方向盤
6拍子，落在自小客轉動的CD與引擎

有時候，拍子一起滾落在自小客的
車頂與擋風玻璃
有時候，節奏一起灑落在遊客的
耳翼，或者飄落在
咖啡館的屋頂上，下午茶的
玻璃杯裡

【五部曲】管樂音符vs.道路與人車

母親說：桃城的土壤與氣候
最適合栽種管樂的音符（註九）
最適合聆聽花開的聲音

羅曼羅蘭說：萬物盡皆樂聲，騷亂悖動
妳說：萬物皆可演繹管樂交響曲

君不見，諸羅城的音樂火花如此撞擊──
管樂指揮家把五線譜當成道路
把流動的音符當成行人與車輛
交通指揮，把道路當成五線譜
把行人與車輛當成踩街的管樂隊伍

於是我知道，樂音乘著諸羅城的
夢想，隨著指揮的
節奏，漸次撐開這一座城市的
風景，踢踢踏踏，踏踏踢踢
一個舞步，一個幸福
一個幸福，一個旋轉
逐漸分開、逐漸靠近
就在這片土地
我們同時牽著手、踮起鞋尖
同時比對管樂、道路、行人、車輛
交叉撞擊的時空元素

【尾曲】完美地演奏幸福交響曲！

我們相約在最燦美的城市見面
好不好？
當2009年桃城的冬天，凝聚成一首管樂的交響詩
當2010年桃城的「台灣燈會」，點燃千萬盞吉慶
的花燈
當2011年桃城的世界管樂年會，向世界各國招手
當，桃城的天空，下起了磅礴的音符大雨
我們相約在最燦美的城市見面
你說，好不好？

附註：

註一：美國羅德島洲有一位「跳舞警察」通尼・
　　　樂坡爾（Tony Lepore），他在州府普羅維
　　　登斯道路執行交通指揮時，經常有舞蹈動
　　　作，引人注意。

註二：「管他什麼音樂」是98年嘉義市國際管樂
　　　節的主題曲，由知名歌手范曉萱作曲，小S

編舞，舞步有趣且易學。

註三：有人說，交通指揮是一群另類的管樂指揮家，我非常贊同。當管樂音符瀰漫著整座城市，鮮少人會去注意，在管樂隊伍的背後，有一群默默的工作者（交通指揮），同時間在道路上演繹著他們的肢體語言，散發著另類的管樂元素。

註四：維基百科記載：「上低音薩克斯風通常為降E調。它能以低沉渾厚的音色把其他聲音襯托出來，以較簡單的吹奏技巧，穩定音樂進行的步伐。」

註五：英國管的音色渾厚，富於表情，在樂團裏常擔任旋律獨奏。德伏札克的《新世界交響曲》第二樂章裏，就有一段非常美妙的英國管獨奏。

註六：法國號嘴形狀與其他銅管樂器號嘴不同，在小號等樂器上，號嘴為杯形。這差異使法國號在構造上具有一特殊音質而別於其他銅管樂器。

註七：巴松管擅長於高低音大幅度的跳躍音高、
　　　詼諧的音色，有很多的音樂家，把他的特
　　　色，拿來配合各種不同的情境。

註八：小號是銅管家族最被人所熟知的樂器，它
　　　的音色最具銅管特質，顯現明亮、震撼、
　　　無可匹敵的氣勢。

註九：嘉義市副市長李錫津說：天下雜誌把嘉義
　　　市定位為「人文城市」，充分地體現出嘉
　　　義市的文化價值。

註十：2009嘉義市國際管樂節「管樂心情故事」
　　　徵文比賽第2名。

諸羅城的每片土地都是爵士鼓

諸羅城的每片土地都是爵士鼓
每一條街道都是鼓槌
妳我的脈搏，流暢著管樂的音符
城市的心臟，拍打著幸福的節奏

附註：
2009嘉義市國際管樂節「管樂心情小語」徵文比
賽，首獎作品。

Line一下后里如何

Line一支樂團吧，豆芽可以炒夢。
用薩克斯風的唇瓣，打卡
　　（凡是線譜，都將釋放蝌蚪隱喻的心事）

Line一座糖果屋吧，味蕾可以造夢。
用穿越前世今生的滋味，打卡
　　（凡是冰品，都將溶入宋詞的唯美愛情）

Line一片草原吧，蒼翠可以鋪夢。
用皇天后土的馬蹄節奏，打卡
　　（凡是韻腳，都將濺起唐詩的千里草香）

Line一群鐵馬吧，御風可以追夢。
用後輪前輪的軸線，打卡
　　（凡是旅行，都將拾獲《詩經》遺落的雋永）

Line一片花海吧，泅泳可以找夢。
用後浪前浪的節拍，打卡
　　（凡是快門，都將移植瑞士燦美的基因）

Line一對老樹吧，樹上可以孵夢。
用兩棵樹的生態系譜，打卡
　　（凡是羽毛，都將化作鳥囀、蟲鳴、星子、
情話）
　　（凡是月光，都將在枝葉上打禪、揮毫、盪
鞦韆）
　　（凡是陽光，都將在此選擇可以光合作用的
故事）

Line一下后里吧！大街小巷可以築夢。
用「打卡」這個信差，傳遞小確幸
　　（凡是夢，都可在此烹炒、鋪陳、孵化、烘焙）

附註：
本詩獲得臺中市朝陽科技大學舉辦的2016第一屆后
里「甜蜜心事」文學文創獎——新詩類佳作獎。

跋詩　酢漿草的四月天

四月於我，是一株不起眼的酢漿草
妳在三月的橋上撐傘
我在五月的雨中閱讀
所有的時光
由遠而近，水花謙沖柔美
由妳而我，眼神溫煦和善
善，美的流光，幸運地開成四片倒心型的
葉脈，交相和弦
第一片葉子，是迴旋的小步舞曲
第二片葉子，是踢躂的散步樂章
第三片葉子，是閃爍的草上星光

四月於我，是一株不起眼的酢漿草
那一天，妳的影子附身於另一片葉子
妳的葉子裁剪成初見時的衣衫
初見時的衣衫是一張空白的宣紙
所有的宣紙，都畫成妳讀詩的
聲音，滑落在葉面上
葉面上的蝴蝶，擬蛹成掌心的痣

葉面上的光譜，折射成文章的弦
那一天，四片葉子，四個季節，四個音符
　　　四個微笑，四個夢想，四個樂章

四月於我，是多了一片單音節的葉子的酢漿草

附註：
倒心型的三葉草，名之為酢漿草；如果多了一葉，就稱
之為幸運草。
2016年的四月天，我在諸羅山的大林運動公園遇見一株
幸運草。
（2016年6月20日刊登於《有荷文學雜誌》第20期）

雲天的文學大事記

年別	綱要	「文學大事記」內容
1987	參加中華民國「孔孟學會」76學年度「孔孟論文」比賽	1.參加中央警官學校比賽得獎後，前五名代表學校參加校外比賽 2.獲得優等獎 3.論文題目：〈孔孟學說的時代意義〉
1988	參加中華民國「孔孟學會」77學年度「孔孟論文」比賽	1.參加中央警官學校比賽得獎後，前五名代表學校參加校外比賽 2.獲得優等獎
1989	參加中華民國「新詩學會」78年全國大專院校新詩創作比賽	1.參賽主題： 新詩〈青年·碧血·愛國魂〉 2.獲得第3名 3.在學時參加比賽，畢業後領獎
2003	詩作〈蝶變四部曲〉獲選為國民小學詩歌朗讀作品	1.2003年，入選高雄市太平國小【蝶姿飛舞】主題教學活動朗讀作品 2.榮獲太平國小校長曾振興頒發感謝狀乙幀。

年別	綱要	「文學大事記」內容
2007	參加聯合文學第2屆文學小市民徵文比賽	1.參賽主題：新詩〈世界在我的眼眸起落〉 2.獲得「市長特別獎」 3.聯合文學在UDN網誌舉辦徵文比賽
2007	參加第三屆「華山詩人節」徵詩競賽	1.參賽主題：新詩〈關於咖啡的浪漫書寫〉 2.獲得第3名 3.主辦單位：行政院水土保持局與雲林縣文化局 4.逢甲大學負責承辦及評審。
2007	參加2007「社造薪火・諸羅之光」徵詩競賽	1.參賽主題：新詩〈道將圳之歌〉 2.獲得首獎 3.主辦單位：嘉義市文化局暨嘉義市社造中心
2007	參加2008雲林縣社造徵詩競賽	1.參賽主題：新詩〈石壁山之戀〉 2.獲得第2名 3.主辦單位：雲林縣文化局 4.雲林科技大學承辦並評審
2008	作品「揭開記憶的寶庫」在新竹教育大學及清華大學詩歌朗誦	2007年12月17日新竹教育大學 2007年12月24日在清華大學「合勤音樂廳」 教授陳惠齡譜曲並指揮 清華大學的學生詩歌朗誦 雲天的新詩〈揭開記憶的寶庫〉

年別	綱要	「文學大事記」內容
2008	參加2008台北市長庚生技公司感恩與回饋徵詩比賽	1.參賽主題：新詩〈我的母親與年味〉 2.獲得第2名 3.主辦單位：台北市長庚生技公司 4.評審：國語日報主編馮季眉小姐
2008	參加2008嘉義市國際管樂節「管樂心情故事」徵文比賽	1.參賽主題：新詩〈在一座城市的路上，遇見幸福〉 2.獲得首獎 3.主辦單位：嘉義市政府文化局
2008	參加2008嘉義市國際管樂節「管樂心情小語」徵文比賽	1.參賽主題：新詩〈嘉義中山路是一把管樂打造的鑰匙〉 2.獲得第2名 3.主辦單位：嘉義市政府文化局
2008	參加「伊甸福利基金會」「點亮小蠟燭，讓愛不熄滅」徵文活動 （第一件）	1.參賽主題：新詩〈母親的裁縫車〉 2.獲得首獎 3.主辦單位：「伊甸福利基金會」 4.評審—海角七號主題曲作詞人嚴云農等人

年別	綱要	「文學大事記」內容
2008	參加「伊甸福利基金會」「點亮小蠟燭，讓愛不熄滅」徵文活動（第二件）	1.參賽主題：新詩〈跪乳〉 2.獲得佳作 3.主辦單位：「伊甸福利基金會」 4.評審—海角七號主題曲作詞人嚴云農等人
2008	參加第四屆全球華文部落格比賽	「雲天的詩工廠」部落格初選入圍第四屆全球華文部落格大獎【年度最佳藝術文化部落格】 主辦單位：中時電子報
2008	自費出版第一本雲天詩集《世界在我的眼眸起落》	2008年8月自費出版詩集《世界在我的眼眸起落》（白象出版社）
2009	參加林務局「森愛宣言」新詩創作比賽	佳作 得獎作品：〈阿里山森林〉 主辦單位：行政院農業委員會林務局 評審—向陽等人
2009	參加2009感恩活動徵詩比賽	第1名 得獎作品：〈父親遺留的那把二胡〉 主辦單位：長庚生技公司 （國語日報主編馮季眉評審）

年別	綱要	「文學大事記」內容
2009	參加嘉義市98年度社區深度文化之旅「徵文比賽」	第1名 得獎作品:〈盧厝老樹的文化交響曲〉 主辦單位:嘉義市文化局 嘉義市社區大學
2009	參加「愛‧步道‧阿里山——心情故事」徵文比賽	佳作 得獎作品:〈2009奮起湖練習曲〉 主辦單位:嘉義縣阿里山國家公園管理處
2009	參加嘉義市第二屆甜根子草文藝季徵求歌詞競賽活動	特優第1名 得獎作品(歌詞):〈秋天的喜帖〉 主辦單位:嘉義市政府教育處暨嘉北國小 (陳品真老師譜曲、歌唱)
2009	參加2009嘉義市國際管樂節「管樂心情故事」徵文比賽	第2名 得獎作品(新詩):〈我們相約在諸羅城市見面(組曲)〉 主辦單位:嘉義市文化局
2009	2009嘉義市國際管樂節「管樂心情小語」徵文比賽	首獎 得獎作品(新詩):〈諸羅城的每片土地都是爵士鼓〉 主辦單位:嘉義市文化局

年別	綱要	「文學大事記」內容
2009	參加第一屆造福觀音徵文比賽	初選入圍（佳作） 得獎作品（新詩）：〈慈悲的分身〉 主辦單位：造福觀音文教基金會
2010	參加2010感恩活動徵詩比賽	第1名 得獎作品（新詩）：〈老農之歌〉 主辦單位：長庚生技公司 （國語日報主編馮季眉評審）
2010	參加行政院文建會「好詩大家寫」活動	佳作：「專家評審」 第4名：網路票選 得獎作品（新詩）：〈窗子的聯想〉 主辦單位：行政院文建會「愛詩網」
2010	參加2010花蓮文學獎「菁英組」新詩創作競賽	「菁英組」佳作獎 得獎作品（新詩）：〈如果，紋臉〉 主辦單位：花蓮縣政府（文化局）
2010	參加2010宜蘭縣休閒農業「詩情畫意」徵選比賽	社會組第3名 得獎作品：〈妳是秋天蒞臨蘭陽最雋永的那首詩〉 主辦單位：財團法人蘭陽農業發展基金會

年別	綱要	「文學大事記」內容
2010	2010研習中心生態池網路徵文比賽	第1名（全國公務員徵文比賽） 得獎作品：〈研習中心生態池交響樂〉 鄭健民，〈研習中心生態池之交響樂章〉《研習論壇》月刊第121期，南投縣，行政院地方研習中心「研習論壇月刊社」，2002年1月1日，頁51。
2010	參加2010嘉義市國際管樂節「管樂心情故事」徵文比賽	第2名 得獎作品（新詩）：〈諸羅城是燦立於北回歸線上的金鑽〉 主辦單位：嘉義市文化局
2010	2010嘉義市國際管樂節「管樂心情小語」徵文比賽	入選獎 得獎作品（新詩）：〈諸羅城的街道是幸福的音樂之河〉 主辦單位：嘉義市文化局
2011	2011「第四屆部落客百傑」文學創意類	入選 得獎部落格：「雲天的詩工廠」部落格 指導：經濟部 主辦單位：資策會創新應用服務研究所 舉辦單位：Udn網誌、天空網站….等四大網站

年別	綱要	「文學大事記」內容
2011	唐山出版社推薦出版第二本雲天詩集《窗子的聯想》	2011年1月唐山出版社推薦出版雲天詩集《窗子的聯想》
2011	參加2011年行政院人事行政局「地方研習中心」（e學中心）公共論壇網站「版主達人獎」比賽	全國第1名 得獎論壇版主：公共論壇「諸羅城之美」 全國各縣市政府「公共論壇」版主達人獎 主辦單位：行政院人事行政局「地方研習中心」
2011	參加2011年嘉義市政府公共論壇網站「版主達人獎」比賽	嘉義市第1名 得獎論壇版主：嘉義市公共論壇「諸羅城之美」 主辦單位：嘉義市政府
2012	參加南華大學101學年度碩士班在職專班招生考試	1.合格錄取：文學系碩士班（正取第四名） 2.准考證號碼：21005 3.應試科目及分數： （1）口試：89.33（30％）＝26.799 （2）審查資料：96（30％）＝28.3 （3）筆試（中國文學史）：73（40％）＝29.2 總分84.799分

年別	綱要	「文學大事記」內容
2012	作品榮獲「國際口足畫藝協會」推薦，參加台北市中正紀念堂「國際口足畫家亞洲區聯展」活動。	參加世界畫展的詩作〈口足畫的世界〉 展覽時間：2012年10月3日至2012年10月6日
2012	作品〈涵碧樓之風〉刊登於《明道文藝》	2012年4月作品〈涵碧樓之風〉，刊登於《明道文藝》第433期第83頁
2012	雲天的第一場文學演講→在「高雄文學館」	2012年12月16日雲天在「高雄文學館」演講，題目是〈我對於旅遊創作之見解〉（更改為〈我的體內有一間書房之必要〉） 主辦單位：「喜菡文學網」
2012	作品獲得兩個縣市政府（嘉義市、嘉義縣）推薦，參加教育部「社會教育司」舉辦的101年世界書香日系列活動	1.嘉義市政府推薦雲天的得獎作品〈諸羅城的每片土地都是爵士鼓〉 2.嘉義縣政府推薦雲天的得獎作品〈阿里山森林〉 文見《全國新書資訊月刊》民國2012年9月號第65期〈尋找在地詩的記憶──從「福爾摩沙之詩」線上活動談起〉撰文者：林淑芬、邱昭閔◎國家圖書館輔導組 主辦單位：「國家圖書館」暨行政院教育部「社會教育司」

年別	綱要	「文學大事記」內容
2013	參加第七屆南華文學獎	入圍新詩決審：作品〈那一位身穿文學衣衫的女子〉 主辦單位：南華大學
2013	參加第七屆全國研究生文學符號學研討會	講評國立新竹教育大學「中國文學系」碩士班二年級學生王麗雅論文---題目：〈論「中世代」詩人現代詩中的「城」意象——以詩人丁威仁《流光季節》為研究對象〉 主辦單位：南華大學
2014	參加第七屆全國研究生文學社會學研討會	在研討會上，發表論文〈探析大觀園匾額對聯的文化品位〉 主辦單位：南華大學
2014	南華大學文學研究所碩士專班畢業成績 101年9月至 103年6月	總成績： 論文：87分、學業平均：92.63分 畢業總平均：89.81分 總排名：第1名 碩士論文： 《以詩的名，建構美的生存空間——徐仁修生態攝影童詩之研究》
2014	論文刊登於南華大學《文學前瞻》期刊第14期	南華大學《文學前瞻》接受函（發函日期：2014年9月23日）於2014年7月刊登。 論文名稱：〈探析大觀園匾額對聯的文化品位〉

年別	綱要	「文學大事記」內容
2014	錄取東海大學104學年度中文系博士班	中華民國103年12月19日東哲教字第1032201325號函 審查資料：109.75分 口試成績：123.3分 總分233.05（第2名錄取）
2015	參加2015桐花文學獎（第6屆）	獲得一般組新詩類佳作獎 作品〈客家大院之組曲〉 主辦單位：行政院「客家委員會」 承辦單位：台灣文化產業發展協會
2015	碩論獲國立「國立台灣文學館」錄選收編於《2014台灣文學年鑑》	碩士論文《以詩的名，建構美的生存空間——徐仁修生態攝影童詩之研究》獲「國立台灣文學館」錄選收編於《2014台灣文學年鑑》 總編輯：李瑞騰 出版日期：2015年12月 出版單位：國立台灣文學館
2016	新詩〈油彩長了翅膀〉參與2016年2月26日「北回歸線下的油彩—陳澄波畫作與音樂的對話」音樂會	新詩〈油彩長了翅膀〉獲「陳澄波文化基金會」遴選並採用為詩歌朗誦作品。 朗誦人：教授車炎江先生。 琵琶演奏：黃暐貿先生。 演出時間地點：2016年2月26日19時30分在台南市文化中心演藝廳「北回歸線下的油彩—陳澄波畫作與音樂的對話」音樂會。

年別	綱要	「文學大事記」內容
2016	參加2016第一屆后里「甜蜜心事」文學文創獎	獲得一般組新詩類佳作獎 作品〈Line一下后里吧〉 指導單位：臺中市政府文化局 主辦單位：住商不動產后里中科店 承辦單位：朝陽科技大學通識學院
2016	與新世紀美學出版社合作出版第三本雲天詩集《霧的鋼琴詩想》	2016年8月與新世紀美學出版社合作出版雲天詩集《霧的鋼琴詩想》
2016	接受「客家委員會」（台灣文化產業發展協會）的邀請擔任「2016桐花文學講座」的「與談人」。	時間：2016年12月17日13時10分至14時40分 地點：中正大學文學院104教室 主講人：邱一帆 與談人：鄭健民 主持人：江寶釵所長 主辦單位：客家委員會 承辦單位：台灣文化產業發展協會 協辦單位：國立中正大學台灣文學研究所

語言文學類　PG1736　秀詩人5

幸運草之歌——雲天詩集

作　　者／雲　天
責任編輯／杜國維
圖文排版／周政緯
封面設計／葉力安

發 行 人／宋政坤
法律顧問／毛國樑　律師
出版發行／秀威資訊科技股份有限公司
　　　　　114台北市內湖區瑞光路76巷65號1樓
　　　　　電話：+886-2-2796-3638　傳真：+886-2-2796-1377
　　　　　http://www.showwe.com.tw
劃撥帳號／19563868　戶名：秀威資訊科技股份有限公司
　　　　　讀者服務信箱：service@showwe.com.tw
展售門市／國家書店（松江門市）
　　　　　104台北市中山區松江路209號1樓
　　　　　電話：+886-2-2518-0207　傳真：+886-2-2518-0778
網路訂購／秀威網路書店：http://www.bodbooks.com.tw
　　　　　國家網路書店：http://www.govbooks.com.tw

2017年3月　BOD一版
定價：320元
版權所有　翻印必究
本書如有缺頁、破損或裝訂錯誤，請寄回更換

國家圖書館出版品預行編目

幸運草之歌：雲天詩集 / 雲天著. -- 一版. -- 臺
北市：秀威資訊科技, 2017.03

　　面；　　公分. -- (語言文學類；PG1736)(秀
詩人；5)
　BOD版
　ISBN 978-986-326-407-1(平裝)

851.486　　　　　　　　　　106000756

讀 者 回 函 卡

感謝您購買本書，為提升服務品質，請填妥以下資料，將讀者回函卡直接寄回或傳真本公司，收到您的寶貴意見後，我們會收藏記錄及檢討，謝謝！
如您需要了解本公司最新出版書目、購書優惠或企劃活動，歡迎您上網查詢或下載相關資料：http:// www.showwe.com.tw

您購買的書名：_____

出生日期：_____年_____月_____日

學歷：□高中 (含) 以下　　□大專　　□研究所 (含) 以上

職業：□製造業　□金融業　□資訊業　□軍警　□傳播業　□自由業
　　　□服務業　□公務員　□教職　　□學生　□家管　　□其它_____

購書地點：□網路書店　□實體書店　□書展　□郵購　□贈閱　□其他

您從何得知本書的消息？

　　□網路書店　□實體書店　□網路搜尋　□電子報　□書訊　□雜誌
　　□傳播媒體　□親友推薦　□網站推薦　□部落格　□其他_____

您對本書的評價：(請填代號　1.非常滿意　2.滿意　3.尚可　4.再改進)

　　封面設計____　版面編排____　內容____　文／譯筆____　價格____

讀完書後您覺得：

　　□很有收穫　□有收穫　□收穫不多　□沒收穫

對我們的建議：_____

_____

_____

_____

11466
台北市內湖區瑞光路 76 巷 65 號 1 樓

秀威資訊科技股份有限公司　　　收

BOD 數位出版事業部

．．．

（請沿線對折寄回，謝謝！）

姓　　名：＿＿＿＿＿＿＿＿＿　年齡：＿＿＿＿　性別：□女　□男

郵遞區號：□□□□□

地　　址：＿＿＿＿＿＿＿＿＿＿＿＿＿＿＿＿＿＿＿＿＿＿＿

聯絡電話：(日) ＿＿＿＿＿＿＿＿＿　(夜) ＿＿＿＿＿＿＿＿＿

E - m a i l：＿＿＿＿＿＿＿＿＿＿＿＿＿＿＿＿＿＿＿＿＿＿＿